Amanda Sthers
Bin das ich, die du liebst?

Amanda Sthers

Bin das ich, die du liebst?

ROMAN

Aus dem Französischen
von Karin Ehrhardt

Sammlung Luchterhand

Die Originalausgabe erschien 2008 unter dem Titel
Keith me bei Éditions Stock, Paris.

FSC
Mix
Produktgruppe aus vorbildlich
bewirtschafteten Wäldern und
anderen kontrollierten Herkünften

Zert.-Nr. GFA-COC-001223
www.fsc.org
© 1996 Forest Stewardship Council

Verlagsgruppe Random House FSC-DEU-0100
Das FSC-zertifizierte Papier *Munken Print* für dieses Buch
liefert Arctic Paper Munkedals AB, Schweden.

Deutsche Erstveröffentlichung

Satz: Greiner & Reichel, Köln
Druck und Einband: CPI – Clausen & Bosse, Leck
Printed in Germany
ISBN 978-3-630-62168-5

www.luchterhand-literaturverlag.de

Für Patrick, den Vater meiner Kinder,
er bleibt in meinem Leben, für immer.

Ich verdanke dieses Buch einem Mann,
der sich darin nicht wiedererkennen wird …
In meinem Leben von Keith Richards
ist alles wahr, aber nichts exakt.

Keith. Keith. Keith Richards. Ja, ich weiß, wer ich bin, ich bin dieses faltenerstickte Gesicht, zerfurcht von Wegen, die es sich nicht ausgesucht hat, von den vielen Leben, die im Mutterbauch schon angefangen haben. Ja, ich bin dieser Mann, so wie ich die Frauen bin, die er geliebt hat, ich fühle seinen Schmerz, und ich liebe sein Lächeln. Tausendmal hat mich Mick in seinen Armen gehalten. Aber es war Keith, den ich über seine Schulter hinweg anschaute. Keith, über seine Gitarre gebeugt. Die Rolling Stones in voller Lautstärke in meinem Auto, die Hand eines Jungen, die meinen Schenkel hinaufgleitet. Die Stones im Wohnzimmer, ich jage hinter meinem Bruder und meiner Schwester her. Die Platte springt ein bisschen. Papa singt mit. Die Stones auf der Gitarre meines Bruders. Das Stones-Poster in meinem Zimmer. Die rosige Zunge, die ich meinem Spiegelbild zeige. *Angie*, die meinen Kummer vertreibt. Warum verliebt man sich? Einfach so … Aus allen möglichen Gründen, wegen unserer verdammten kranken Hirne. Und man fällt. Manchmal steht man wieder auf, mit zerschrammten Knien. Keith hat mir nie weh getan. Wir hatten beide unseren Schmerz. Er hat mich Dinge tun lassen, die ich allein nie zu tun gewagt hätte.

Ich habe Angst, meinen Körper zu zerstören, ich lasse die Drogen in Keith' Venen fließen, ich will davon nur den Rausch. Über meinem Gesicht trage ich das von Keith Richards. Ich bin nicht in ihn verliebt. Ich *bin* Keith, so wie man sich manchmal so dicht vor den Spiegel stellt, dass man sich nicht mehr wiedererkennt.

Die Nacht ist bald um. Wir sind noch da. Zu dritt am Tisch. Wir langweilen uns. Wir machen uns über die tanzenden Gestalten lustig, die sich nicht im Takt bewegen. Und mein Lächeln lächelt falsch. Ein Wodka nach dem anderen. Ich musste für zwei Tage nach Paris. Meine Kinder sind im Süden geblieben. Ich lasse sie so selten allein, dass sich ein Abend, an dem ich sie nicht sehe, anfühlt, als hätte ich ihn meiner Jugend gestohlen. Ich komme mir vor, als wäre ich siebzehn, als hätten mich meine Eltern übers Wochenende allein im Haus zurückgelassen. Ich habe meinen Ehering vergessen. Ich frage mich, ob er seinen trägt, wenn er mit anderen Frauen schläft, weit weg von mir. Weit weg, seit wann? Weit weg, wovon?

Es ist, als hätte die Musik ausgesetzt. Als hätten sich alle auf einmal umgedreht. Keith betritt den Raum, und die Welt dreht sich wieder. Die abgekämpften Mädchen sehen wieder sexy aus. Der Champagner fängt wieder an zu fließen. »Das ist Keith Richards«, geht es in einem Raunen von Tisch zu Tisch, »das ist Keith Richards.« Das bin ich.

Sein langes Gesicht sieht aus wie mit einem Messer gezeichnet. Das Kinn lässt sich unter der gegerbten Haut erahnen. Wenn er einen anschaut, wird einem heiß, dann wird sein Blick wieder abwesend. Man kann darin versinken, ihn aber nicht auf sich ziehen. Man kann ihn lieben, vorausgesetzt, man erwartet nicht, zurückgeliebt zu werden. Sein dürrer, sehniger Körper scheint für rohe Umarmungen wie geschaffen. Man hat Lust, dass er einem das Bein ordentlich hoch hebt. Man hat Lust auf ihn. Lust, an die Wand gedrückt zu werden. Dabei ist er schon alt. Sein Gesicht ist ein Pergament, auf dem die Geschichte des Rock geschrieben steht. Aus der Nähe betrachtet, scheint es mir, als könnte ich seine Haut lesen, lauter Hieroglyphen, die nur ich allein entschlüsseln kann. Ich möchte ihm nahe sein. So wie man in den Bauch seiner Mutter zurückmöchte. Als er dreißig war, hat man ihm gesagt, er müsse sterben, so viele Drogen hatte er genommen. Also hat er noch ein bisschen mehr genommen, und es sind weitere dreißig Jahre dazugekommen.

Ich bin noch keine dreißig. Ich nehme ihn an die Hand wie ein krankes Kind. Er fragt nicht nach. Er trägt einen schwarzen Hut und sein unvermeidliches Tuch um den Hals. Keith kommt zu mir nach Hause. Wir gehen zu Fuß. An diesem Abend ist es direkt um die Ecke. Es ist einfach so. Wir gehen ins Wohnzimmer. Ich nehme ihm den Mantel ab, und er streicht mir über den Kopf. Ich lasse ihm ein Bad ein. Seine Füße sind abgenutzt. Auf den Fingernägeln Nagellack. Einige Nägel sind länger als andere, wie bei allen Gitarristen, aber man könnte meinen, es seien Frauenhände, die an seinen dunklen Körper geschraubt wurden. Mit dem Schwamm schäume ich seinen Rücken ein. Er lässt alles mit sich machen, wie in einem Pflegeheim, so als wäre er es gewohnt. Ich lasse mehr heißes Wasser ein. Ich spüle seinen krummen Rücken ab. Ich lasse meine Hand in seinen grauen Schopf gleiten. Er dankt mir mit dem Blick. Dann wickele ich ihn in ein weißes Badetuch. Ich möchte, dass er sich auf Gaspards Bett ausstreckt, aber er will nicht. Er will nicht schlafen. Er will, dass ich ihm aus unserem Leben erzähle. Von Anfang an. Fang ganz vorne an. Na komm schon. Morgen ist keine Schule. Es ist bloß: Ich erinnere mich weder an den Anfang noch bekomme ich die Abfolge der Ereignisse richtig hin. Ich weiß nur, woran wir heute sind, und ich erinnere mich an ein paar Momentaufnahmen.

Erzähl schon. Du erinnerst dich doch an Papa, an Augustus und an Micks Geschlechtsteil. Du erinnerst dich doch, nicht wahr, Andréa?

Der Regen hat aufgehört. Kinderwagen und Mütter mit ihren Kindern im Schlepptau setzen bunte Farbtupfer in den städtischen Park von Dartford. Ich trage einen alten, hässlich braunen Wollmantel mit Knebelknöpfen und abgewetzten Ellenbogen. Ich gucke in die Luft. Ich gehe nicht schön geradeaus, und Papa ärgert sich wahrscheinlich. Ja, bestimmt habe ich in die Luft geguckt, wie immer. Ich mochte meine dunkelroten Schuhe nie leiden, es waren immer die gleichen, Jahr für Jahr neu gekauft, obwohl sich meine Füße so viel Mühe gaben zu wachsen, zu fliehen. In meinen Augen der Himmel von Kent, die graue Decke, die ich immer noch mag, die ich oft vermisst habe. Es ist ein Frühlings- oder Herbsttag. Egal, wir sind in England, Ende der Vierziger, die Männer haben immer noch Soldatengesichter. Ich erinnere mich, dass ich zu diesem Zeitpunkt an den lieben Gott glaubte. Etwa fünf Minuten später würde ich aufhören, an ihn zu glauben. Fünf Minuten, und ich würde begreifen, dass es keine Hand über der Himmelsdecke gibt.

In der Luft liegt der spezifische Geruch nach trocknendem Sandkastensand, nach klebrigen und schweißigen Kindern, die unaufhörlich herumrennen, die ganze Zeit, hin und her. Ich bin eines von ihnen. Ich versuche eins zu fangen, dann ein anderes. Mein Vater raucht Zigaretten. Er schaut nirgendwo hin. Manchmal sieht er mich an, wenn ich an ihm vorbeirenne. Er ist Vorarbeiter in einer Glühbirnenfabrik. Nicht gerade so wie in den Zeichentrickfilmen. Er hat noch nie einen Einfall gehabt. Es ist ihm noch nicht einmal eingefallen, mich zu lieben. Die kleine Jo bindet sich ihre Schnürsenkel neu, mit vor Anstrengung rausgestreckter Zunge. Mick, mein Kumpel aus dem Kindergarten, rennt nicht. Die Leute gehen zu ihm hin, um mit ihm zu reden. Die kleinen Mädchen schauen ihn an, die Jungs leihen ihm ihre Spielsachen, die Mütter wissen nicht so recht, ob sie ihn mögen. Ein paar größere Kinder lärmen herum, laufen die Rutsche hinauf. Da ist Teddy. Mein bester Freund, und doch kann ich mich nicht an seine Gesichtszüge erinnern, ich weiß nur, dass er dick war. Dick und nett. Zu kurze Pullover. Die Miniaturausgabe seines Vaters, Modell biergefüllter Ballon, bereit, nie aus der Stadt wegzufliegen. Da ist Lila, Lilas blaue Augen. Zehn Jahre später, Lilas blaue, tote Lippen, sie ist mit diesen Augen zur falschen Zeit in eine falsche Straße eingebogen. Da ist Gary. Gary macht mir Angst, er lächelt die ganze Zeit, und dann schlägt er zu. Und oft macht er beides auf einmal.

Da bin ich, Keith. Ich bin fünfeinhalb. Meine Haare sind zu lang. Ich fahre mir über die Nase, bestimmt war ich erkältet. Mir ist, als wäre meine Kindheit eine einzige verdammte Erkältung gewesen. Meine Schläfen pochen, meine Wangen sind gerötet, ich bin zu viel gelaufen. Die Haare kleben mir im Gesicht.

Sie sind zu fünft, zehn, vielleicht zwölf Jahre alt, sie sind groß. Ich sehe, wie sich die ganze Bande in Richtung Rutsche bewegt, dann sehe ich woanders hin. Jo hat einen Kuchen gemacht, ich möchte gern ein Stück davon. Irgendetwas in mir weiß schon alles über mich, was ich bin, was aus mir wird. Irgendetwas in mir sieht, wie mein Leben abläuft. Irgendetwas in mir hat schon die Ziellinie gesehen, aber noch nicht den Weg, der einzuschlagen ist, um sie zu erreichen. Ich bin ein kleiner Junge, der herumrennt und sich dabei langweilt. Überall sind Pfützen. Ich stelle mir vor, dass ein großer Drache geweint hat, und ich kämpfe mit meinem unsichtbaren Schwert gegen imaginäre Ritter, um ihn zu retten. Es ist ein guter, missverstandener Drache, und nur ich spreche seine Sprache. Manchmal spreche ich auch mit den Vögeln. Aber nur ganz leise, ich will nicht, dass man mich für verrückt hält. Ich springe über die Pfützen hinweg. Manchmal auch mitten hinein, und dann geben mir meine nassen Füße das Gefühl, am Leben zu sein.

Ich erinnere mich nur noch an den Schlag in den Nacken. Ich weiß nicht, wie es dazu gekommen ist. Ich weiß noch nicht einmal, ob sie sich die Mühe gemacht haben, einen Vorwand zu suchen. Sie haben einfach draufgehauen. Mein Kopf taucht in den Pipisand des Sandkastens. Ich hebe ihn für einen Moment hoch, kann gerade noch einen Bengel mit einer Schippe in der Hand erkennen. Und wieder mit der Nase hinein. Ich höre ihr Lachen. Lautes Lachen. Von überall her. Sie entdecken gerade die Gewalt für sich. Sie lachen, weil es ihnen Spaß macht. Sie lachen, um sich das Recht zu geben, mich immer wieder und wieder zu schlagen. Schläge und Kinderlachen. Lachen: Daran erinnere ich mich mehr als an den Schmerz. Lachen. Ich mache Musik daraus. Auf der Bühne, als Erwachsener, werde ich oft gegen dieses Lachen anspielen. Meine Gitarre wird den Versuch unternehmen, es zu verwandeln, seine Gewalt und Traurigkeit zum Ausdruck zu bringen.

Und über das Lachen der Kinder hinweg, über das Schreien und Anspucken, höre ich das Lachen meines Vaters. Ein heiseres und schleppendes Lachen.

»Komm schon, Keith, kämpfe wie ein Mann. Kämpfe!« Und er lacht und lacht. Er fasst mich am Mantelkragen und zieht mein Gesicht hoch, ich habe Sand in der Nase. Ich reiße den Mund auf, um Luft zu kriegen. Ich hasse ihn. Ich werde meinen Vater nie mehr lieben. Die Bande entfernt sich, und er lässt sie gehen. Die Leute lachen um mein sandverschmiertes Gesicht herum, über meinen offenen Mund und meinen Kummer. Und ich muss doch noch aufstehen. Irgendwie den Sand aus meinen Nasenlöchern bekommen. Sie lachen. Ich muss den Park verlassen, sollen sie doch meinen Rücken anstarren. Das Lachen hören, Musik daraus machen, ja, es in Musik verwandeln. Es braucht seine Zeit aufzustehen, wenn man fünfeinhalb ist und gedemütigt wurde. Wenn der eigene Vater zusammen mit jenen lacht, die einen geschlagen haben. Es braucht unheimlich viel Zeit. Ich höre sie nicht mehr, nur meine Musik, als Untermalung zu ihren verzerrten Gesichtern. Ich erinnere mich gut an sie. An sie alle. Mick lacht nicht, er hilft mir mit seinen Blicken.

Also richte ich mich auf. Ich bin alt. Meine Schritte sind

langsam. Ich renne nicht mehr, um zu leben. Ich habe abgebremst. Ich habe Angst. Ich drehe mich oft um. Warum nimmst du mich nicht in den Arm, sag, Papa? Wieso höre ich dich nur mit den anderen zusammen lachen?

Und wieso ist da diese hübsche Musik in meinem Kopf, wo es doch so sehr weh tut? Wieso ist es Blues? Wieso hilft er mir auf?

Es riecht nach kaltem Zigarettenrauch, darüber legt sich der Geruch von qualmenden Kippen, von trocknenden Regenmänteln und von Schweiß. Es ist voll. Man steht eng zusammen. Spitz zulaufende Schuhe. Zur Zeit topmodern. Jazz. Guter Jazz. Weniger guter. Im Ealing Club geben sich die Gruppen die Klinke in die Hand. Londoner Vorstadt. Heute Morgen habe ich Mick auf dem Bahnsteig in Dartford getroffen. Wir hatten uns ewig nicht gesehen. Er hatte Platten von Muddy Waters unterm Arm. Er hat mir erzählt, dass er der Sänger der Band Little Boy Blue and the Blue Boys war, einer ganz neuen Band, so neu wie mein Blick auf das Leben. In dem Alter glaube ich an das Leben. Ich glaube an die Wahrheit, ich glaube, dass alles, was man tut, ein Echo hat, dass man nur das sagen darf, was man denkt. Ich bin Purist, ich liebe die Musik mehr als das Geräusch meines Atems. Hier bin ich also, und mein Fuß, der den Takt schlägt. Und auf der Bühne ist Mick Jagger und will, dass wir zusammen spielen.

»Woher weißt du, dass ich gut bin?«

»Das ist eine Frage der Einstellung, Mann. Eine Frage der Einstellung.«

Ich nehme meine Gitarre. Er hat Recht. Ich bin gut, weil ich anders klinge. Ich habe eine eigene Art, Musik zu machen, das Tempo neu zu erfinden. Und seine Stimme zu meiner Gitarre – das ist wie die Lippen eines Verliebten, das geht wie von selbst, jeder respektiert den Rhythmus des anderen und gibt ihn gleichzeitig vor. Seine Stimme, meine Gitarre, das ist der Anfang der Stones. Wir wissen es noch nicht, aber da ist Energie, ein Bauchgefühl, eine Gewissheit.

Oktober. Es ist Oktober.

Ich hatte den ganzen Sommer auf meinem Zimmer gehockt und Gitarre gespielt und von anderen Instrumenten geträumt, die mir antworten würden. Und auf einmal ist da diese Stimme, die weit über das hinausgeht, was ich kann. Der Ealing Club liegt unter Straßenniveau, vielleicht sogar tiefer als die U-Bahn. Man steht im zwei Zentimeter tiefen Wasser, dazu zwei Zentimeter Schweiß und überall elektrische Kabel. Man könnte leicht draufgehen. Wir spielen wie Ratten, die herumwühlen, um zu überleben. Wir versuchen es zumindest.

Man entdeckt gemeinsame Kumpel, wie zum Beispiel Dick Taylor. Seine Mutter ist für zwei Wochen in Urlaub gefahren. Wir nehmen ihr Haus in Beschlag. Ein anderer Kumpel, Bob, hat einen Verstärker und ein Tonbandgerät von Grundig. Wir können spielen und dann hören, wie es war, auf die Gefahr hin, uns gut zu finden. Und die Kumpel werden mehr. Die Musik breitet sich aus, schlägt Wellen. Wir denken: Einige von uns sollten zusammen spielen.

Das ist der Zeitpunkt, an dem ich für mich vorsichtig formuliere, dass dies mein Leben sein könnte. Vorher ging es ums Überleben, ich hatte keine Lust, mir irgendeine beschissene Existenz auszumalen, denn ich sah keine Möglichkeit, ihr zu entgehen. Jetzt tut sich auf einmal etwas in mir. Und wenn es doch möglich wäre?

Winter 1963. Edith Grove 102, London.

Ich weiß nicht, was wichtiger ist. Die Art und Weise, wie man etwas erlebt hat, wie man sich daran erinnert oder vielleicht gerade das, was man vergessen hat.

Es war ein Dreieck. Ein verdammt starkes. Ein ausgeglichenes manchmal, ein Bermudadreieck oft, auf jeden Fall ein Dreieck des Talents. Brian Jones. Keith Richards. Mick Jagger. Diese Namen, die eine ganze Generation zum Schwärmen bringen werden, gehören uns. Sie sind alles, was wir haben. Wir haben kein Geld. Wir hausen in einem dreckigen Loch. Zwei Zimmer. Küche und nichts zu essen. Klo auf dem Gang. Im Westen von London. Ich gehe nachmittags bis zur King's Road, wo ich Mädchen anlächele, die nicht zurücklächeln. Wenn ich etwas Bares habe, gebe ich es aus. Ich kaufe etwas zu essen und schlinge es noch auf der Straße hinunter. Ich rauche so viele Kippen, wie ich kann, bevor ich mit der Schachtel wieder nach oben gehe. Brian nimmt mir alles ab, Brian leert nachts unsere Taschen. Und Nacht ist es immer. Der Himmel hängt tief, erdrückt uns mit seinem geballten Grau und schifft auf uns mit diesem nieseligen, nervigen, endlosen Regen. Der fast augenblicklich auf meiner geröteten Haut gefriert. Die Wohnung ist eisig. Es gibt eine elektrische Heizung, die man in Gang bringt, indem man irgendwo Münzen einwirft. Es ist immer kalt. Wir schlafen Seite an Seite auf Matratzen, die wir auf dem Boden ausgelegt haben. Der Winter ist eine Art Maschine, die uns zu Brei verarbeitet. Unsere Seelen sind geschrumpft.

Wir drängen uns aneinander, um durchzuhalten, und mit den an uns gedrückten Gitarren erfinden wir den Klang der Stones. Miteinander verbundene Noten, die einander warm halten.

Ich hatte Sex mit Mick Jagger. Unter einer dreckigen Decke, eines Abends, als uns kalt war. Einer von uns war schon zwanzig oder sah wenigstens so aus. Mick hat Sex mit Leuten, die gerade da sind. Er will wissen, ob er verstörend wirkt. Die Sache an sich bedeutet ihm nicht viel. Es ist sein Bild in den Augen des glücklichen Opfers, das zählt. Und auch das, was sein Spiegelbild nicht zurückwirft, das, was man vergisst. Was man hinter sich lässt, um zu überleben. Brian schlief, zugedröhnt. Wir waren durchgefroren. Wir haben uns neben ihn gelegt. Mick hatte eine enge Hose an, die er nicht ganz hinunter gezogen hat. Nackter Oberkörper. Ich habe seinen Bauchnabel gesucht, das weiß ich noch. Er war kaum zu sehen. Als wäre er ein neuer Mensch. Als wäre er aus keinem anderen gekommen. Der Erste. Sein Mund hat meinen eingesaugt. Sein unbehaarter Oberkörper hat sich an meinen gepresst, und er hat mein Becken angehoben wie bei einer Frau. Wir waren aneinandergeklebt, es hat mich erregt, seine Rippen zu spüren und weiter unten, sein hartes Glied. Er schob es in mich hinein, und ich habe ihn machen lassen. Mein Aufschrei weckte Brian.

Mick ging rein und raus, aber es waren nicht mehr meine Augen, in die er schaute. Sondern Brians. Er lächelte ihn an. Dann fing er an zu lachen. Er gackerte herum wie ein verschämter Teenager. Dann wurde mir sein Lachen unerträglich. Sein Lachen hat mich mehr verschmutzt als sein Sperma, das in dem Augenblick kam, als ich seinen Körper heftig von mir stieß. Aus seinem Lachen habe ich ein Lied gemacht. Dann war Stille. Ich habe ihm eine Zigarette angezündet und mir mit der Hand den Hintern abgewischt. Es war immer noch kalt in diesem erbärmlichen Loch.

Ich zog mich wieder an. Eine Braut, der wir gesagt haben, sie solle vorbeikommen, kam herein. Ich griff mir meine Gitarre und spielte. Wir haben sie in einer Ecke Platz nehmen lassen und ihr ein Glas Wasser in die Hand gedrückt. Im Zimmer roch es nach Sex. Sie muss den Eindruck gehabt haben, in einem Bordell gelandet zu sein, es war ihr offensichtlich unangenehm. Sie war eine junge Studentin. Ich erinnere mich an sie. Blond, mit einem Pony und ernsten Augen. Sie zupfte an ihrem Rock herum. Mick beachtete sie nicht. Er sang. Wir sahen einander prüfend an, aber zwischen uns hatte sich nichts geändert. Seine Stimme zu meiner Gitarre war besser als sein Ding in meinem Arsch. Schon damals die Stones. Wir krepierten vor Hunger, aber das Genie war da. Die Musik musste nur noch durch diese eisigen Wände dringen.

Diese Musik, die wir erfunden haben. Untanzbar, aber die Lust macht, sich zu bewegen, eine Musik von Weißen, die es treiben wie die Schwarzen, ohne Tabus. Eine Musik von Leuten, die hemmungslos genießen wollen. Jetzt, sofort. Eine Musik von Tieren. Große Rockmusiker sind untreu. Es ist nicht möglich, mit moralischen Prinzipien beladen all die reinen Empfindungen zuzulassen und sie nicht gleich mit dem Verstand zu vertreiben, nur puren, in Noten verwandelten Instinkt wirken zu lassen. Man darf nicht allzu intelligent sein, wenn man ein großer Rockstar sein will, keine von diesen analytischen Intelligenzbestien. Man muss zulassen, dass ein befremdlicher, erschreckender und unabdingbarer Teil von uns das Wort ergreift: das Animalische. Bei dem verklemmten Mädel hat es gewirkt. Ich spielte ein orgiastisches Solo, das sie mit passenden Schreien unterlegte, während es sich Mick auf ihr gut gehen ließ. Brian hat schon einige uneheliche Kinder mit verheirateten Frauen, worauf er ziemlich stolz ist. Er rät Mick, sein Ding rauszuziehen und ruft ihm von seiner Matratze aus zu: »Spritz ja nicht hinein, Mick!« Wovon hängt Leben ab? Mein Vater war von der Front zurückgekommen, in einem richtig miesen Zustand. Er war einer der wenigen Männer in unserem Wohnviertel überhaupt, und meine Eltern haben es während des Krieges miteinander gemacht.

»Ist er nicht niedlich …« Die Bomben schlagen pfeifend um das Livingstone-Krankenhaus herum ein. Meine Mutter hätte mich gern länger bei sich im warmen Bauch behalten. Sie drückt mich fest an sich. Das Krankenhaus ist schon am rechten Flügel getroffen worden, dort, wo die Schwerverletzten gelegen hatten, sie sind nun ins Untergeschoss, in die Leichenhalle, verlegt worden … Man legte mir einen alten speckigen Teddy ins Bettchen. Man gibt halt, was man findet, wenn um einen herum gestorben wird.

Augustus Theodore Dupree hat einen obercoolen Namen, er ist Jazzmusiker. Er hat ein Hemd mit einer eingearbeiteten Cowboy-Krawatte, das er zu besonderen Anlässen anzieht. Zu Geburtstagen, Hochzeiten, Weihnachten,

Taufen, Silvester. Er meint, sollte man ihn jemals zu einer Beschneidung einladen, würde er es auch da anziehen. Ich nenne ihn Gus, weil ich darf, weil er mein Opa ist.

Seit Papa weg ist, sitzt Gus stundenlang am Fenster. Mama hat zu ihm gesagt, es wäre schön, einen Mann im Haus zu haben. Also ist er da. Er spricht wenig. Ich sehe ihn immer von hinten an. Ich glaube, dass er es nicht merkt. Ich sehe ihm stundenlang zu, wie er stundenlang auf die leere Straße hinaussieht.

Dann, eines Tages, spricht er mich an. Er dreht sich nicht um. Er weiß, dass ich da bin.

»Komm her, komm her, Junge.«

Draußen regnet es. Ein feiner und schwerer Regen. Gus hebt mich auf seine Knie. Ich bin schon recht groß, und Opa ist gebrechlich, deshalb ist es mir etwas peinlich.

»Schließe deine Augen. Hörst du den Regen?«

»Ja, Opa Gus.«

»Du hörst den Regen, Keith, aber hörst du auch seine Musik? Hör mal. Hilf dem Regen, seinen Weg zu finden. Tap, ti, tit ti, tap … O ja, ja, tap. Fühlst du, wie er dir einen Rhythmus vorschlägt und wie eine Melodie den Rhythmus streift, um ihn stärker zu machen? Du fühlst es, Keith. Ich habe es in dir gesehen, du fühlst es, so wie ich es fühle. Das ist Jazz, Keith. Jazz bedeutet, dass man Dinge hört, wie sie sind. Mit der ganzen Unordnung, die sie mit sich bringen, und der Logik des Lebens, das immer weiter geht. Sing für mich, Keith, sing dem Opa den Regen vor.«

Mit meinem zarten Stimmchen fing ich an zu singen. Es tat gut. Als hätte ich ihm mit dieser kleinen Melodie meinen Kummer und meine Hoffnung erzählt.

Diese Stunden auf den Knien meines Opas sind die schönsten meines Lebens. Hier habe ich die Musik begriffen. Ich verstehe immer noch nichts davon, Keith, und doch geht mir deine Musik durch und durch und lebt in meinem Frauenkörper, als wäre es der eines anderen.

Ja, es regnet für alle, selbst für jene, die im Regen nichts hören

Die Synkope, der Rhythmus, der manchmal stockt, dann die wiederkehrende Strenge, als wohnte sie der Natur selbst inne. Windböen, die sich in Regen-Riffs verwandeln.

An jenem Tag erfinde ich das, was mein Markenzeichen werden sollte, den vierten Schlag als Stützpunkt, als Dreh- und Angelpunkt. Weil ich den vierten Tropfen lauter, reiner höre. Der vierte Tropfen macht aus mir einen legendären Gitarristen. Ich bin zehn Jahre alt.

Ich liebe meinen Papa nicht, aber ich will nicht, dass sie auseinandergehen. Warum lassen sie sich scheiden? Der Vater von Teddy schlägt seine Mama, und sie verlässt ihn trotzdem nicht. Sich nicht mehr zu lieben ist doch kein Grund für Scheidung. Zu meiner Zeit wurde so was nicht erklärt. Der Vater geht davon. Das ist alles. Man fragt mich noch nicht mal, ob ich bemerkt habe, dass er weg sei. Aber ich habe es bemerkt, weil ich ihn nicht liebe.

Später schickt man mich auf das Sidcup Art College. Ich werde nie mehr ein Zuhause haben. Wenn ich wiederkomme, dann um zu begreifen, was ich alles nie sein werde.

Ich für meinen Teil habe meinen Kindern alles ausführlich erklärt, wie im Lehrbuch. Ich erkannte meine Stimme kaum wieder. Ich glaube übrigens, dass ich in diesem Moment tatsächlich eine andere Stimme hatte. Ich habe die spitzen Töne im Bad der Wohnung gelassen, in der ich gelebt habe und das nun eine andere Frau beherbergt. Eine junge Frau. Ich habe alles erklärt. »Man hört nicht auf, seine Kinder zu lieben. Denn das ist eine andere Art von Liebe. Keine verliebte Liebe. Sondern eine ewige Liebe. Nichts wird sich ändern, außer dass ihr euren Papa und eure Mama nicht mehr zusammen sehen werdet und ihr die Hälfte der Ferien bei dem einen und die andere Hälfte bei dem anderen verbringen werdet« und so weiter.

Während ich ihnen doch das jämmerliche Scheitern unserer Ehe hätte erklären sollen. Papa fährt nicht mehr auf eure Mama ab, Kinder, hier fängt alles an, versteht ihr? Einfach alles. Eure Mama hat gedacht, dass es nicht schaden könnte, ein wenig bewundert zu werden und ein wenig intelligenter zu sein als andere Mädchen mit blauen Augen. Falsch gedacht. Ich hätte es ihnen sagen sollen, damit sie keine Zeit vergeuden. Dass sich die Prinzen früher oder später auf ihren weißen Rossen in ferne Länder absetzen. Dass die Versprechungen schon falsch sind, sobald sie ausgesprochen werden. Wenn man etwas verspricht, trifft man eine Wahl. Und am Ende sieht die Eissorte in der Waffel des anderen immer verlockender aus. Bist du sicher? Ganz sicher? Bin ich es, die du liebst? Aber ja. Warum fragst du? Weil es ganz schön viele Alternativen unter dem Rest der Menschheit gibt. Ich will nur dich. Ich hätte ihnen sagen sollen, dass man sich hasst, eines Tages. Und dass auch das eine interessante Geschichte ist.

Ich hätte ihnen sagen sollen, dass man einander verachtet, einander gleichgültig wird, eines Tages.

Sollen wir uns die Teletubbies angucken, Kinder?

Und was geht so auf dem Sidcup Art College ab? Ich bin in einer Fußballmannschaft. Zu der Zeit habe ich noch einen sehr starken Cockney-Akzent. Ich habe breite Schultern, an die sich Mädchen gern anlehnen. Hier beschließe ich, nicht mehr mit meinem Vater zu sprechen, ihn nicht mehr zu sehen, bis ich diesen Ort wieder verlasse. Ich will ihn los sein. Ich bin noch in einem Alter, in dem man glaubt, dass man groß wird, dass man aus seiner Larvenhülle schlüpft und erwachsen wird, als würde man ein völlig neuer Mensch werden. Ich weiß noch nicht, dass mein Vater in mir steckt wie meine langen Beine. Wollte ich weglaufen, müsste es mit ihrer Hilfe geschehen, es wäre eine Flucht, die nie enden würde. Noch heute fällt es mir schwer zu akzeptieren, dass dieser Vorstadt-Scheißkerl, dieser kultur- und humorlose Ignorant die Hälfte von mir ausmacht. Ich glaube die Oberhand zu gewinnen, wenn ich eine Mauer des Schweigens um mich ziehe, die meinen Vater nur noch präsenter macht.

Wenn ich meine Augen schließe, dreht sich alles um mich, und ich sinke ein. Wenn ich meine Augen schließe, könnte ich daran sterben. Ich versuche es ein bisschen. Ich hätte schon Lust, aber ich habe Angst. Ich fixiere einen Punkt wie man seine Zukunft anstarrt, mit Augen, die weggleiten, mit dem übermächtigen Bedürfnis, sich umzudrehen und wegzurennen. Ich habe ewig gebraucht, um mich auf dieses Sofa zu setzen. Es ist mein erstes Crack. Ich habe es auf einem Silberlöffel angezündet. Ich habe es mir ganz genau angeschaut, es hat eine Maske unter meine Haut gezeichnet.

Der anbrechende Tag ist schwarz. Ein englischer Tag. Sonne hätte mir Angst gemacht. In der Erinnerung, die ich mir vorstelle, ziehe ich meinen Mantel an und gehe hinaus, und dank dieser Erinnerung atme ich. Feiner Nieselregen erfrischt mein Gesicht. Ich gehe spazieren und bewege die Füße über dem Boden vor und zurück. Ich sitze tief im Sofa. Wie ein Kind. Ein Junge, der mit Steinen wirft. Sie prallen auf den Gesichtern der Passanten ab.

In der Schule habe ich eine Lehrerin, die ich sexy finde. Ich schäme mich, es vor mir selbst zuzugeben. Es gibt bestimmt keinen anderen Junge in der Klasse, der an sie denkt. Ihre wurstigen Beine stecken in zu hellen Strümpfen. Ihre Haare sind gefärbt und ihre Brillengläser rund. Zu blasse blaue Augen, die so aussehen, als würden sie sich in ihrem milchigen Gesicht auflösen wollen. Mrs Garrott, sie ist der Archetyp einer dicken Engländerin. Aber mich macht sie an. Ich bin sechzehn. Ich komme bei Mädchen unheimlich gut an, aber wenn ich es mit ihnen treibe, denke ich nur an Garrott.

Ich spiele, ich spiele den ganzen Tag.

Es ist der nächste Tag, das Gesicht, das ich sehe, kenne ich noch nicht. Es ist das eines Kindes. Wahrscheinlich ist es meins. Es kommt wie eine Erinnerung. Das überrascht mich nicht. Ich habe nie akzeptiert, dass die Zeit tatsächlich Bedeutung hat. Sie kommt, sie geht. Ich bin in einer Zeitschleife. Ich sehe immer mehr aus wie das Kind, das ich einmal war.

Es ist Brian Jones. Er will wissen, warum keiner von uns

auf seiner Beerdigung war. Tausende von Leuten und nicht ein einziges Mitglied der Rolling Stones. Brian will wissen, warum wir ihm seine Bräute und seine Band genommen haben. Warum wir ihn getötet haben. Warum er nicht der Chef war. Er hätte Chef sein können, Chef einer Band, die auf Hochzeiten spielt und brave Hausfrauen flachlegt. Das ist meine Meinung. Dieser verdammte aufgeblasene Asthmatiker.

Mein Alter kommt, um mir auf den Sack zu gehen. Es ist das schweigende Gesicht meines Vaters, das mich dazu bringt, noch eine Dosis zu nehmen. Ich will ihn vertreiben. Ich meine immer, dass er mich mit Verachtung ansieht. Ich lebe gegen ihn und auch für ihn. Wegen, dank. Und bin deswegen sauer auf ihn. Es wird nie aufhören.

Der Nachbarshund. »Souvenir«, so nannte sie ihn. Sie sprach es mit einem französischen Akzent aus. Die fette Hausbesitzerin, behaarter als ihr dünner Mann und immer schweißgebadet, sogar an richtig kalten Tagen. Sie hatten ein Reihenhaus mit einem winzigen Garten dran, aber für mich war es ein Traum. Ich hätte darin stundenlang mit meinem Fußball herumjonglieren können. Stattdessen war es Souvenir, der sich darin erging, Souvenir, der in mein Traumgärtchen schiss.

Brian weckt mich. Ein wichtiges Konzert steht an.

Mit Drogen hatte ich noch nie Probleme, nur mit der Polizei. Meine Linien liegen bereit auf den Rückverstärkern, mein Arzt schaut mir zu. Ich habe nicht vor aufzuhören. Ich habe den Arzt nicht dafür engagiert, um aufzuhören, sondern um zu überleben.

Es ist ein junger Kerl, dreißig. Ich bin etwas jünger als

er. Er hat gerade seine Zeit als Assistenzarzt hinter sich. Sieht sehr gut aus. Ich habe ihn hinter den Absperrungen Telefonnummern von Mädels einsammeln sehen, absolut mühelos. Gestern habe ich ihm einen Akkord auf meiner Fender beigebracht. Er ist ungeschickt. Groß, Brille, konnte nur Arzt oder Ingenieur draus werden. Wir haben einen Deal gemacht. Ich gebe dir einen Job, du hältst mich auf den Beinen, du passt auf, dass es nicht zu viel wird, aber du nimmst es mir nicht weg. Ich bin erwachsen, und ich will mir den Schädel zuballern. Ich mag es, auf Drogen zu sein. Es ist mein Körper, mein Leben. Ich werde sterben, so wie du auch. Zehn oder zwanzig Jahre vor dem voraussichtlichen Verfallsdatum, aber was soll's? Wenn die Leute den Mut hätten, sich darauf einzulassen, würden wir alle viel freier leben. Ich hänge an der Nadel, das stimmt. Wenn ein Typ sich am Arm einer Frau festkrallt, weil er nicht mehr ohne sie leben will, und sie heiratet, dann klatschen alle Beifall. Ich bin in diesen Zustand verliebt. Das erste Mal habe ich gekotzt. Dann wurde es angenehm. Dann wurde es zu einem Teil von mir, wie atmen. Ich werde mich nicht dazu zwingen, unter Atemnot zu leben. Eine Linie hatte bald keine Wirkung mehr. Ich brauchte eine zweite und dann noch eine. Ich habe Mengen geschnupft, die ein Pferd umgehauen hätten. Meine Nasenscheidewände sind operativ repariert worden, meine Speiseröhre ist Schrott. Es brennt, also nehme ich wieder was, um mich zu beruhigen … Und es geht mir gut. Ich spiele immer besser. Ich mag immer noch Chuck Berry. Ich lache mit meinen Kumpels. Nichts hat sich in mir verändert.

Der Medizinmann ist ein Jahr lang bei uns geblieben.

Hieß Ted oder Tom. Er folgte uns in den Bus, in den Zug, ins Flugzeug. Er folgte uns auf unsere Partys. Er hat meine Linien dosiert. Er hat mir aus seinem Leben erzählt, über seine Kindheit und über seine Freundin, die ihn abserviert hat. Er hat sich zusammen mit Mick eine Rothaarige geteilt, und ich habe Mick in Verdacht, seinen Schwanz kurzfristig in den Arzt hineingesteckt zu haben. Der Typ war in Ordnung. Unser Leben gefiel ihm. Er war am Ende gar nicht mehr zugeknöpft. Er hat sich die gleichen Lederschuhe gekauft wie ich. Ich habe wirklich gern mit ihm gequatscht. Er bewunderte mich, aber er hatte keine Angst vor mir. Er traute sich zu sagen, dass mein Tuch beschissen aussah, dass Mick mich schlecht behandelte, dass ich gar nichts über meine Familie erzählte … Über Drogen haben wir stundenlang diskutiert. Die dahinter steckenden Interessen. Berechnende Staaten. Ausfallende Zähne. Kotzen und Katzenjammer. Ich habe ihm von meinen Trips erzählt. Ich sagte ihm, was ich zu spüren glaubte. Das Gefühl der Erleichterung nach dem des Mangels. Wärme im Innern. Ich mochte ihn wirklich gern. Er hat mich fast überzeugt. Manchmal. Einen Moment lang … Ich habe ihn gefeuert, aber zuerst habe ich ihm die Fresse poliert. Er war gerade dabei, Heroin zu schnupfen, allein, in meiner Garderobe. Ich habe seinen Blick aufgefangen, er war richtig stolz auf sich. Er glaubte, Mitglied in einem exklusiven Club zu werden. Er glaubte die Dinge verstanden zu haben. Ich habe ihm eins auf die Fresse gegeben, wie mein Vater es nie für mich getan hatte.

»Ich bin trauriger als bei meiner eigenen Scheidung.«

Ich weiß, Papa. Ich bin auch trauriger als bei deiner Scheidung, und dabei war es meine Mama, die verzweifelt war. Aber hier geht es um meine Kinder, weißt du. Es ist ihr Lächeln, das zu verschwinden droht, wenn ich versuche, an ein wenig Glück zu kommen. Ich habe doch ein Recht darauf, oder nicht? Glaubst du nicht auch, dass ich ein Recht darauf habe? Du weißt es doch, oder? Wie einsam ich bin. Sogar wenn er da ist.

Ja, er weiß es, denn er schweigt.

»Aber du schreibst doch weiter oder, Andréa?«

»Ich habe keine andere Wahl, du weißt genau, dass ich schreibe, Papa. Keith Richards. Im Moment bin ich Keith Richards. Es ist schwer zu erklären. Weißt du, am Anfang hat kein Mensch Mick Jagger verstanden, seine Stimme war unglaublich schwer aufzunehmen. Er hatte eine undeutliche Aussprache. Die Leute mussten die Platte noch mal auflegen. Was sagt er da? Und außerdem benutzte er auch noch die Ausdrücke der Schwarzen aus den Südstaaten … Die kleinen Engländer mit ihrer roten Haut haben nichts verstanden. Da ich nicht viel sage, versteht man auch nichts. Ich rede nicht deutlich genug. Ich habe Angst. Aber ich habe Keith gewählt … Den, der du gern gewesen wärst. Einen Rocker. Einen richtigen. Einen, den ich gern geheiratet hätte. Wenn man schon Musik macht, dann wenigstens gute. Wenn man schon mit anderen Frauen schläft, dann wenigstens mit Topmodels und nicht mit Provinzhühnern aus Nizza, die Schuhe mit Keilabsätzen tragen. Und außerdem fand ich schon immer, dass Typen, die Drogen nehmen, interessanter sind als die, denen man Make-up ins Gesicht schmiert, bevor man mit ihnen bescheuerte Fernsehsendungen aufnimmt. Und ich liebe es, Papa, wenn Leute fluchen. Wenn sie mit Fäusten kämpfen. Keith bringt mich zum Reden, mein Mann hat mich verstummen lassen, weißt du. Ich hatte mich verändert. Er wollte auf keinen Fall, dass ich sein Image beschädige. Als wenn das möglich gewesen wäre. Ich war noch nicht einmal ein kleiner Schatten ... Ich schreibe, aber ansonsten habe ich den Eindruck, dass er mich zum Schweigen gebracht hat. Ich habe mich nicht aufgelehnt, weil ich unreif war. Ich gehe gegen hässliche Dinge an, weil es meine Art ist, weil ich so bin. Weil ich noch an etwas glaube. Ist das falsch, Papa?«

Er weiß es nicht. Sein Rücken ist krumm. Er hat sein Leben lang in einer Fabrik gearbeitet, die Motorradhelme herstellt. Er sagte immer: »Mein Job ist es, Köpfe zu retten.« Aber meinen Kopf, den hat er nicht retten können. Ohrfeigen, Tränen, Migränen. Mein Kopf ist in einem Helm nicht sicher. Seine Glatze gewinnt immer mehr an Boden. Bald wird er nicht mehr genug Haare haben, um seine nackte Kopfhaut unter der quergekämmten Haarsträhne zu verstecken. Ich finde ihn rührend. Als ich klein war, fand ich ihn beängstigend. Wenn ich seine tiefe Stimme hörte, die »Andréa!« rief, war ich wie gelähmt vor Angst. Wenn er mich nicht herbeirennen sah, schrie er noch lauter. Mein Herz verdoppelte seine Schlaggeschwindigkeit, und ich wartete ab, unfähig zu denken oder mich zu bewegen. Manchmal machte ich mir dabei ins Höschen. Heutzutage möchte ich ihn immer zudecken, einen Schal um seinen Hals legen, eine Mütze über den Kopf dieses in die Jahre gekommenen Kindes ziehen.

Radio-Interview, USA.

Moderatorin: Guten Tag, Mister Richards.

Keith Richards: Guten Tag, sexy Lady.

Moderatorin: Ich beschreibe Sie für Ihre Fans … Sich selbst treu geblieben … Zerzaustes Haar. Halboffenes Hemd, großer Vatermörderkragen, ein Tuch, eng am Körper anliegende Hosen.

Keith Richards: Soll ich dich auch beschreiben? Nein … Könnte vielleicht peinlich werden. Was suchst du mit diesen Beinen im Radio? Im Fernsehen bräuchtest du dich noch nicht mal zu bewerben. Mach das mal trotzdem.

Moderatorin: Danke … wir senden live auf Coconut Radio.

Keith Richards: Wenn Mick hier wäre, hättest du seinen Mund beschrieben. Das ist nicht fair, beschreib doch mal meinen Mund und meine Zunge, wie sie über die Lippen fährt, wenn ich dich ansehe.

Moderatorin: Mister Richards …

Keith Richards: Was machst du nachher?

Moderatorin: Zuerst machen wir ein Interview.

Keith Richards: … Natürlich. Ihr Amerikanerinnen steht ja aufs Vorspiel.

Moderatorin: Ich hatte eigentlich vor, Ihnen ein paar technische Fragen zu stellen.

Keith Richards: Also wirklich! Ein bisschen Romantik bitte …

Moderatorin: Über das Open Tuning und die Wahl Ihrer Gitarren.

Keith Richards: Endlich eine Braut, die mich zu nehmen weiß, mir kommt's gleich …

Clearwater. Die Nächte sind heiß in Florida. Die Klimaanlage des Hotels ist kaputt. Ein Riesengebrumme und keine Kühlung. Ich habe mich hundertmal im Bett herumgeworfen, bevor der Schlaf kommt. Dann legte er sich wie ein bleierner Mantel über mich. Ich träume noch nicht einmal. Kein wallendes Haar auf dem Kissen neben mir. Ich habe die Journalistin vor ihrem Haus abgesetzt. Ich habe ihr einen Handkuss gegeben. Ich konnte fühlen, dass sie ganz heiß war. Es hat mich erregt, sie einfach so gehen zu lassen ... Sozusagen wie ein Gentleman ... Ein Gentleman auf Heroin. Auf einem üblen Trip. Im freien Fall in dem Treppenhaus, das mir als Schädel dient. Wieso bin ich eigentlich wieder auf den Beinen, nur wenig später? Woher nehme ich die Kraft, meine Gitarre zu halten? Ich wurde ganz plötzlich wach, als hätte mir eine verliebte Frau nachts im Schlaf einen geblasen. Ein Gefühl zwischen Trägheit und Lust. Zuerst der Widerwille, dann der Orgasmus. Die Inspiration hat mich geweckt.

Ting, ting leng, leng, ting ting, ting ting ... Ting, ting leng, leng, ting leng, leng, leng ...

Am nächsten Morgen ist das Aufnahmegerät voll. Ein Riff ist drauf und meine komplette Nacht mit Schnarchern und unverständlichen Satzfetzen, aber der Riff, das ist ein Stück *Satisfaction*, dieser Riff wird die Karriere der Rolling Stones verändern.

Mir ist schnell klar geworden, dass ich mich von einer Komposition von Marvin Gaye habe inspirieren lassen, die zu *Dancing in the Street* wurde, einem großen Hit von Martha and The Vandellas. Mick sagte, »ist mir scheißegal, Hauptsache, es ist gut«. Seine Moral, seine Vorstellung von Gut und Böse gipfelt in der Frage, ob etwas gut für Jagger ist. Er hat den Text um mein in jener Nacht vage gebrabbeltes »*I can't get no satisfacion*« herum geschrieben … Ein bisschen was von Chuck Berrys *Thirty Days* … Oder auch nicht … Es gibt ein Stück, das so ähnlich ist.

Wir sind wieder im Studio, zum zweiten Mal. Erst Chicago, dann Los Angeles. Wir nehmen mit David Hasslinger auf. Der Gedanke, wie wenig auch immer zu kopieren, ist mir unerträglich. Ich will originell sein.

Mick macht Stimmübungen, man könnte meinen, ein Mädel, das gerade einen Orgasmus hat. Er legt keine Power in die Musik. Er ist mies. Ich verlasse entnervt das Studio. Ich gehe, um ihm nicht eins auf die Schnauze zu geben. Ich kaufe mir ein riesiges fettes Sandwich und kleckere damit in einem kleinen Musikladen an der Ecke herum. Ich beschädige leicht ein Verzerrer-Pedal, das neue von Gibson. Der Verkäufer redet auf mich ein, ich solle es kaufen. Er macht mir ein schlechtes Gewissen, ich zahle also und gehe damit wieder zurück ins Studio.

Der dunkle, erotische, orgiastische Sound des Stücks … das ist es.

Erregend und elektrisierend, das ist das Stück schlechthin.

Mick findet endlich wieder zu seiner Wut zurück, er singt von diesem Mädchen, das er nicht vögeln kann, weil es seine Tage hat. Die braven Muttis werden empört sein. Wir sind gut. Der Bass von Bill Wyman imitiert den Rhythmus der stoßenden Lenden. Das ist das erotischste Lied des Jahres 1965.

Es kommt im Juni raus, sechs Tage später sind wir die Nummer 1 in den Staaten. Ich verdoppele meine Heroin-Dosis. I can't get no satisfaction.

Je mehr es vorwärtsgeht, desto weniger weiß ich, was ich will. Und das Leben geht weiter, ein Tag folgt dem anderen. Meine Schwermut wächst sich aus, ich ignoriere sie in Gesellschaft meiner Freunde, ich bedecke sie mit den Körpern der Frauen, die ich geliebt habe, ich würge sie ab, die Schwermut, gebe ihr eins auf die Nase, und drehe lauter.

Aber ich weiß noch immer nicht, was das Ganze soll. Der Tag geht, die Nacht kommt. Und vom Abend bis zum Morgen warte ich darauf, dass der Abend endlich bleibt. Ich warte auf bessere Tage. Ich warte darauf, dass mein Vater anruft. Ich warte darauf, dass er stolz auf mich ist. Ich warte darauf, dass sie mich anruft. Ich warte, aber ich verstehe nicht.

Dabei hatte er doch »ja« gesagt. Ja, ich will dich heiraten. Ja, ich will Kinder von dir. Ja. Es gab so viele Frauen, die das nicht bekommen haben. Ja, ich verführe, aber ich gehe nicht zu weit. Ja, ich werde mich um dich kümmern. Und ich sage es öffentlich, schau, wie ich es allen Leuten sage, dass ich dich liebe und dass ich ein wundervoller Vater bin. Es ist für sie, dass ich nicht da bin, um ihrer Zukunft willen. Ja, heute Abend bist du allein, aber es bleibt nicht so. Übermorgen sieht es anders aus. Vielleicht überübermorgen, weil ich noch einmal weg muss. Aber nicht für lange. Sechs Jahre allein, du übertreibst, Andréa! Und außerdem, du schreibst doch, du bist beschäftigt, wie eine Frau, die strickt. Du reihst ein Wort ans andere, daraus werden kleine Romanfiguren, mit denen du spielen kannst. Wie die Musik von Keith, eine Note, dann wieder eine, sie befreien und sie sperren ein, sie lassen keinen Raum mehr für Illusionen.

Die Nächte sind heiß in Florida. Der Riff. Der Riff jener Nacht. Wieso hat er ausgerechnet mich geweckt?

Mein Bildschirmschoner lässt Bilder vorbeiziehen. Russisch Roulette. Welche Empfindung wird mich heute Morgen überraschen? Die Geburt von Gaspard, dieses Foto, auf dem ich ihn betrachte, in meinem lila Nachthemd? Der Pavillon, den wir für die Hochzeitsfeier bei einem Freund aufgestellt haben und der dort einsam mitten im Garten steht? Oder einfach nur irgendein Foto, aus dem Leben gegriffen, unbedeutend? Man denkt nicht an die Folgen, wenn man auf den Auslöser drückt, wenn man ein Gesicht, einen Ausdruck, das Glück erstarren lässt, das uns zu jener Zeit nicht bewusst war. Mit den Digitalkameras kann man vorsortieren, man wirft die misslungenen Fotos weg, die einzig interessanten. Solche, die uns zum Lachen bringen. Und mein Herz krampft sich heute Morgen schmerzhaft zusammen. Ich könnte diese Endlosschleife der Schnappschüsse mit einem kleinen Befehl stoppen. Aber es hieße zuzugeben, dass das Leben uns besiegt, uns zu Boden zwingt. Ich streife lieber meine Boxhandschuhe über und drohe ihm Schläge an. Nackenschläge, Geniestreiche, einen Schlag unter die Gürtellinie, abendliche Quickies, wie wenn man die Kirsche von der Schwarzwäldertorte stiehlt, mit einem Schlag Sahne inklusive.

Dieses Foto hier, es entstand ein paar Tage nachdem wir uns kennen gelernt haben. Ich bin zwanzig. Ich studiere noch Theologie. Ich jongliere mit Religionen, dann treffe ich ihn, der zu meiner Religion wird. Auf diesem Foto trägt er einen Bart und ich einen Pony. In habe Bücher unter dem Arm. Ein Kommilitone hat mich an jenem Tag auf meine Bitte hin fotografiert, damit ich es meinen Freundinnen beweisen konnte. Ich wollte eine Erinnerung an mein Abenteuer mit einem Star. Ich sagte mir: »Heute ist es dir egal, aber wenn du einmal Mutter zweier unerträglicher Teenager bist, kannst du ihnen zeigen, wie cool du in deiner Jugend warst.«

Die erste Begegnung. Ich suchte ein Appartement, er etwas Größeres. Ich besichtigte gerade eine Wohnung eine Etage höher, aber mit demselben Immobilienmakler. Unsere Besichtigungstermine waren durcheinandergeraten. Natürlich habe ich ihn sofort erkannt. Ich habe nicht getan, als hätte ich es nicht, zeigte aber auch keinen übertriebenen Enthusiasmus. Er sah gut aus, aber seine Musik sagte mir nichts. Er hat uns bei der Besichtigung des Appartements begleitet, er sagte, er hätte es nicht eilig. Das war gelogen. Einige Monate später gab ich ihm vor dem Bürgermeister das Jawort.

»Andréa Stein, wollen Sie diesen Mann zu Ihrem Ehe…«

»Ja!«, sagte ich, ohne das Ende abzuwarten.

Das sorgte bei den Anwesenden für Heiterkeit.

»Sind Sie sicher, dass Sie die Scheidung wollen?«

»Ja.«

Zwischen den beiden Jas gab es zwei Kinder, den Tod meiner Großmutter, den seines Onkels. Gemeinsame Freunde. Gestohlene Freunde. Freunde, die zu seinem Abklatsch wurden. Wie oft er fremdgegangen ist, kann ich nicht zählen. Wir haben zweihundertachtundzwanzigmal bei dem kleinen Thailänder unten im Haus gegessen. Vierhundertzweiundzwanzig Filme zusammen gesehen. Bei dreißig ist er vor dem Ende eingeschlafen. Siebenunddreißig davon haben mir gefallen. Die anderen habe ich zerpflückt. Ich habe fünf Bücher geschrieben. Er hat zwei neue Alben herausgebracht. Achthundertsiebenunddreißigmal bei Freunden zum Essen. Siebenmal habe ich mich nicht gelangweilt. Man hat mir in Interviews siebenunddreißigmal die gleiche Frage gestellt: »Meinen Sie, Sie hätten den gleichen Erfolg gehabt, wenn Ihr Mann nicht bekannt wäre?« Jedes Mal habe ich vorgegeben, dass mich diese Frage nicht störte, dass ich sie mir schon selbst gestellt habe. Siebenunddreißigmal habe ich mich zurückhalten müssen, um nicht loszubrüllen. Ich habe dreiundfünfzig Kilo zugenommen, wegen meiner Schwangerschaften und des vielen Weins, den wir zusammen getrunken haben. Ich habe einundfünfzig davon wieder abgenommen. Ich habe elfmal im Lotto gespielt. Ich bin hundertneununddreißig Kilometer gelaufen. Zweihundert Liebeslieder sind von meinem iPod verschwunden, einfach so. Ich habe darin ein Zeichen gesehen. Ich habe zwei Männern unbeabsichtigt Hoffungen gemacht. Zweihundertzwei Steaks Tatar. Sechs Jahre lang *Journal du dimanche*. Unzählige durch das Weinen unserer Wonneproppen gestörte Nächte. Viele Tage ohne Lust auf Sex. Zwischen den beiden Jas wurde eine Platte von Michael Jackson neu gemixt und dreißig Tonnen Schnürsenkel in China produziert. Ich bin fast dreißig Jahre alt und weiß immer noch nicht, wie man es anstellt, danach auszusehen.

Als ich bei ihm eingezogen bin, habe ich alles abgerissen, alles neu gestrichen, alles neu eingerichtet, aber es war immer noch bei ihm. Ist es im Übrigen auch heute noch. Wenn ich ihn für seine Ehebrüche hasste, in diesen durch dumpfen Schmerz verdunkelten Nächten, einen tonnenschweren Schmerz, den ich allen bösen Menschen an den Kopf werfen wollte, konnte ich ihm nicht sagen: »Verschwinde!« Ja, die eine oder andere Nacht war es wohl möglich. Aber wenn ich unsere Beziehung nicht mehr wollte, musste ich meine Koffer packen. Also habe ich sie gepackt. Kinder, Bücher, Kleider. Wie im Krieg, wie auf der Flucht. Ich musste mir eine Wohnung suchen, ohne die Presse aufzuscheuchen. Ich sagte, wir wollten eine Wohnung anmieten, weil wir große Umbauarbeiten planten, und es klappte. Die Zeitungen sprachen von unserer wunderbaren Ehe, ein neues Buch von mir stand kurz vor der Veröffentlichung, eine neue Platte von ihm kam heraus, keiner dachte an weitere Neuigkeiten.

Ich habe bei ihm oft nachts geschrieben, mal in der einen, mal in der anderen Ecke zusammengekauert. Wie sechs Jahre auf fremdem Boden. Vieles habe ich schon vergessen. Wie war das so? Wie war diese unter Narkose stehende Andréa? Lebte ich nur, wenn ich meine Feder hielt? So war es wohl, denke ich, Tinte in den Adern. Ich konnte die hohen Decken nicht ausstehen, sie erdrückten mich.

Ich hatte oft Lust, die Mauern an diesem von Gespenstern bevölkerten Ort einkrachen zu lassen. Die Wohnung ist Teil eines Gebäudes, das an einen Park grenzt. Er will sie nicht aufgeben, weil sie an einem der seltenen Boulevards liegt, der nur gerade Nummern hat. Sein Vater ist gegangen, aber er, er kann nicht loslassen. Statt einen geraden Weg zu gehen, hat er einen Fehler nach dem anderen begangen, aber sein Unterbewusstsein klammert sich an die Idee, die Dinge begradigen zu können. An die Idee, er könne seine Mutter heiraten, der Vater seiner Brüder sein. Roulette. Impair, manque. Poker. Die Damen aneinandergereiht. Er verbringt seine Nächte beim Spiel, aber das Spiel ist schon lange aus. Du wirst eines Tages sterben, weißt du das? Habe ich ihm hundertmal gesagt. Hör auf! Die Tatsache, dass man nicht darüber spricht, lässt ihn in dem Glauben, er könnte sich allem entziehen. Dabei müsste man doch nur darüber lachen können, über seine Mutter lachen, über seinen Erfolg bei Frauen, über sich selbst, über den Tod, das wäre schon ein Sieg.

Es ist ein großer weißer Raum mit weißem Licht. Man hat mir eine Art Trainingsanzug aus feiner weißer Baumwolle zum Anziehen gegeben. Ich sehe aus wie eine Wolke. Und mein braunes Nest auf dem Kopf wie Zigarettendampf. Man hat mir erklärt, es könnte schmerzhaft werden. Man hat mich an Schläuche angeschlossen.

Ich mache das alles, weil ich nicht sterben will. Ich konsumiere unglaubliche Mengen an Heroin, Crack, Kokain, LSD, ich rauche, ich trinke, aber ich will nicht sterben. Ich will spielen.

Ich bin in der Schweiz, in einer sündhaft teuren Klinik. Man muss reich sein, wenn man spielen will, ohne zu sterben. Sie werden mein Blut austauschen. Es reinigen.

Ich habe Angst. Ich spiele mit dem Gedanken abzuhauen. Aber ich scheue das Risiko, auf der Flucht zu krepieren. Als ein Rolling Stone kann man unmöglich in einem Schlafanzug aus weißer Baumwolle sterben.

Draußen sind Bäume. Dahinter erkennt man einen See. Das ist genau die Art von Landschaft, die mir Angst einjagt. Mick dagegen träumt von einem Landhaus in diesem Stil, um darin die Reichen und Schönen zu empfangen. Ich möchte nur meine Gitarre. Ich spiele auf meinem

Bauch. Die Zeit wird lang. Man lässt mich warten. Ich fühle mich nicht wohl, ich habe nichts in mir, was mir bei diesem Kampf helfen könnte. Ich habe nur ein Glas Wasser getrunken.

Endlich kommt ein Mädchen herein, lächelt mir zu. Sie ist hübsch. Sie legt einen Katheter in meine Vene, ohne ein Wort. Sie geht hinaus.

Ich werde literweise Blut in der Schweiz zurücklassen. Mehr, als ich denke. Eines Tages werde ich dort die Leiche meines Babys zurücklassen. Seitdem mag ich kein weißes Licht. Und ich hätte sterben sollen. Dann wäre Tara nicht geboren worden.

Stattdessen zahle ich und lasse mein Blut austauschen. Und bleibe derselbe. Es ist zum Fürchten. Ein langes Gesicht. Eine leicht hügelige Nase. Langes blondes Haar, ich kann mich nicht durchringen, es schneiden zu lassen. Sommersprossen. Ein Muttermal auf der Lippe, wie bei dem Mann, den ich geliebt habe. Man nimmt mich nicht ernst, mit meinen großen blauen Kinderaugen. Und doch bekomme ich bald selbst eines. Falscher Alarm, sagt die Hebamme zu mir. Die Wehen kommen wieder seltener. Ich kann noch einmal nach Hause. Ich hätte nicht in der Schweiz gebären können, das ist mir zu neutral. Mit dem Riesenbauch kann ich kaum meine Füße sehen.

»Herr Richards? Für heute ist es zu Ende. Wir helfen Ihnen auf Ihr Zimmer. Es ist alles sehr gut gelaufen.«

Das Licht blendet mich, als sei ich zum Vampir mutiert. Ich habe Blut gestohlen, und ein anderes Leben ist nun in mir.

Hier ist es, ich weiß es. Hier bricht mein Leben in Stücke und ich akzeptiere es. Der Mann, den ich geliebt habe, ist auf der Titelseite einer Zeitung, er erklärt wortreich unsere verflossene Liebe. Ich weiß nicht, ob man so etwas mit Worten erklären kann. Ich betrachte sein Gesicht, schon erkenne ich es nicht wieder, und meine Tränen fügen seine Gesichtszüge zu einem verschwommenen Bild zusammen. London, St Pancras. Ein neuer Bahnhof. Es riecht noch nach frischer Farbe. Eine Art neue Eingeweide. Ein neuer Bauch. Ich könnte einen jungfräulichen gebrauchen, ungevögelt, kinderlos.

Ich habe sie bei ihrem Vater abgesetzt. Er war angezogen, als ich früh am Morgen bei ihm klingelte, zu früh. Er hatte vergessen, seine Schlüsselkarte vom Crillon zu verstecken, wo er wahrscheinlich diese Nacht verbracht hat. Er hatte einen fremden Geruch an sich. Zeit für eine Tasse Tee? Ja, die nehme ich mir. Er weiß nicht, wo die Tassen stehen. Ich lächle, dann weine ich, ich weine. Ich trockne meine Augen, um meinen kleinen Jungs auf Wiedersehen zu sagen. Bis morgen, nur einmal schlafen. Gare du Nord. In die Bahnhofshalle gefegte Kälteschwaden. Ich zittere. Ich ziehe meine Mütze über beide Ohren.

Einige Stunden später, Signierstunde für *Die schmutzige Hoffnung* in einer englischen Buchhandlung. Ich habe keine Lust, mein Buch anzupreisen, ich habe Lust, den Leuten zu sagen, sie sollen sich auf der anderen Straßenseite mit Blaubeer-Muffins vollstopfen.

Abends bin ich in einer Bar. Ich tanze. Ich trinke. Ich tanze. Ich bin Keith. Ich bin Keith. Die Musik. Ihr müsstet die Musik so hören, wie ich sie höre, wenn ich mich an jenen Abend erinnere. Sie ist Teil meines Körpers, seine Fortsetzung. Laute Musik. Die Musik und mein Körper, der ihr folgt, der sie vorwegnimmt. Und der Alkohol, der sie zehnfach verstärkt. Und mein Körper, der sich ausblendet, während meine Träume auf Hochtouren laufen.

»What's your name?«

Ich könnte meine Zunge in den Mund einer Frau stecken. Ich bin gewachsen. Ich habe das Gewicht eines Rolling Stone. Die Füße auf dem Boden. Ich bewege mich jetzt nur noch spärlich. Ich starre die Leute an. Ich tanze wie ein Mann. Meine Freunde gehen. Ich bleibe allein in der Bar zurück. Ein Rockstar geht nicht schlafen, jedenfalls nicht allein. Es ist früh am Morgen. Ich gebe dem Taxifahrer mein ganzes Geld, damit er einwilligt, mich dorthin zu fahren. Es ist ein Pakistani, und ich übernehme seinen Scheißakzent, um zu verhandeln.

»*Dartford is fucking farrrrr away ...*«

Das weiß ich. In meiner Erinnerung ist es ebenfalls weit weg. Und doch habe ich den Geschmack von Sandkastensand in meinen Mund. Und die Kinder mit ihrem Lachen machen darin Musik.

»*I'll give you money. I'll pay.*«

I'll pay for meine Erinnerungen.

Sie ist klein und blond. Sie ist nicht wirklich hübsch, aber sie hat etwas, das Männern gefällt. Ein Versprechen in den Augen. Eine herausfordernde Art, die neugierig macht, wenn sie sich in dein Bewusstsein gräbt, verwoben mit dem Ausdruck eines verängstigten Kindes, der gesenkte Kopf, ihre Angst vor dem Leben. Heißt Kate.

Heiße Kate, und du?

Kate und Keith. Das war es, mein Name in ihrem, ich in ihr. Es ist das erste Mal, dass ich mit einer Frau schlafe. Und ich bin verliebt. Sie ist nicht die Mutter eines Kumpels, ein etwas in die Jahre gekommenes Mädchen, das Spaß haben will. Nein, es ist ein Mädchen von dreizehn Jahren, das von der Sonne, von hochhackigen Schuhen, vom Heiraten und von mir träumt. Ich komme in den reinen Träumen eines jungen dreizehnjährigen Mädchens vor, sie in meinen. Ich lege für sie meine Jazzplatten auf. Eines Tages werden wir zusammen weggehen, eines Tages gehen wir weit weg.

Wir sind auf einer Überraschungsparty. Wir haben uns vor den anderen geküsst, aber das reicht uns nicht. Und die Anzüglichkeiten der anderen sperren uns in unserem eigenen Aquarium ein. Sie bewerfen uns mit Marshmallows. Die Mädchen lachen ein stählernes Lachen, als würden sie Messer wetzen. Die Jungs johlen. Wir pressen uns aneinander. Es scheint mir, dass sie die Augen schließt oder sie in den meinen einschließt. Ihr Gefängnis gibt uns Schutz. Und wir brauchen mehr. Wir haben noch nicht viele andere Lippen geküsst. Wir wissen nicht so recht, wie man mehr daraus macht, aber sehr bald verlangt etwas in uns danach. Sie hat noch keine Brüste. Nur Brustwarzen, die sich auf einer flachen Wölbung aufrichten. Ich kriege einen Steifen, ich traue mich noch nicht, oft zu onanieren. Ich habe Angst. Ich glaube an Gott. Ich glaube, dass das, was gut ist, verboten ist. Schon damals mag ich, was verboten ist. Ich mag nichts anderes. Gefängnisse, die Schutz bieten. Ich werde mein ganzes restliches Leben nach Gefängnissen der Lust suchen. Man braucht mehr Mut, um hineinzugehen, als mit dem Finger darauf zu zeigen. Aber man fühlt sich verdammt gut darin.

Also, bist du jetzt meine Freundin? Machst du mit? Willst du dort drüben mit mir spielen? Ich kenne eine Ecke, wo wir zum Spielen hingehen könnten. So tun, als wären wir erwachsen. Das bedeutet es, erwachsen zu sein. Meinst du nicht auch? So tun, als könnte man Dinge tun, die Erwachsene tun. Na gut, ja. Kate gab mir ihre Hand. »Keith«, sagte sie. Ich habe nicht geantwortet. Ich habe sie ungeschickt auf den Boden des kleinen Pavillons im Stadtpark gelegt. Ihr Körper war noch ganz knochig, wie der eines Kindes, das einen Wachstumsschub hat. Keine Zeit zum dick werden, alles geht nur in die Länge. Sie war hübsch an jenem Abend. Über und über mit Sommersprossen bedeckt. Ich habe sie mit diesem intensiven Blick angeschaut, den die Filmstars draufhaben. Ich habe mich in ihren Augen gespiegelt. Und es war mein Bild in ihren Augen, das mich noch mehr erregt hat.

Erinnerst du dich, Keith? Wir fahren an dem Pavillon vorbei. Das Taxi wird gleich halten. Siehst du das? Die Parkbank von Miss Jones. Die Dicke, die Tauben füttert und keine Unterwäsche trägt, die, die wir auf dem Weg zur Schule begehrlich anstarren. Ich esse Fish and Chips, die Papierservietten sind alle. Ich tauche meine Hände in Sandras Haare. Das macht sie an. Bereits jetzt gefalle ich Mädchen ohne Wenn und Aber. Ich gefalle allen Mädchen, und es macht mir Spaß.

Kate hat aufgeschrien, als ich ihr Jungfernhäutchen durchstoßen habe. Sie hat nur wenig geblutet. Nur ihr Blick hat sich verändert. Wieso erzähle ich dir das so vergnügt? Um nicht zu weinen. Ich lache, weil Kate weggezogen ist. Eines Tages im Mai, bei einem Nebel wie zu Allerheiligen. Und weil sie gesagt hat, es sei nicht weiter schlimm. Wir würden uns schon noch in jemand anderen verlieben. Mit gesenktem Kopf wie immer. Schau mich an, Kate, damit ich sehen kann, was in deinen Augen ist, Tränen oder Verachtung. Bist du gleichgültig oder leidest du, Kate?

»Ja also, ich muss jetzt los, sonst macht sich mein Vater Sorgen.«

»War das schon länger geplant, Kate?«

»Ich wollte nicht, dass sich zwischen uns etwas ändert.«

»Ich habe keine Versprechungen erwartet.«

»Ich weiß es seit einem Monat.«

»Irgendwie ist es auch eine Befreiung.«

»Wovon, Keith? Vom Glück?«

Und sie hat ihr Glöckchen-Lachen gelacht, ein verzaubertes Lachen, das für mich das Ende der Liebe bedeutete. Schon wieder ein Lachen. Ein Lachen, gegen das ich werde anspielen müssen.

Hier ist deine Schule, Keith, schau mal, nichts hat sich verändert. Aber die Schulglocke klingelt nicht, es ist

Sonntag. Vielleicht klingelt sie gar nicht mehr? Gibt es hier noch Leute, oder hat man nur die Kulisse deines Lebens konserviert? Für den Fall, dass du dich vergewissern wolltest, eine Kindheit gehabt zu haben.

Der Himmel ist noch da, grau wie immer, immer grau.

Und deine Mutter? Ich habe etwas getrunken, Keith, ich lasse mich scheiden, ich bin kilometerweit von London hergefahren. Lass mich deine Mutter sehen, es ist mir scheißegal, ob sie tot ist. Sie hörte bestimmt gern Lennon und McCartney. Sie summte leise *The Long and Winding Road*. Sie ist schön, nicht? Dann hast du diese rabenschwarzen Augen also von ihr? Ist sie groß? Etwas mager? Sie trägt einen Hausfrauenkittel. Er macht es ihr leichter, ihre Rolle im Leben nicht zu vergessen. Und wenn sie dich in den Arm nimmt, dann hat sie dieses lange rosafarbene Nachthemd an, an den Ellenbogen ein wenig angeraut. Sie tut es immer vor dem Schlafengehen. Sie setzt sich zu dir hin, etwas schüchtern, wie eine Frau, die sich nicht sicher ist, ob sie geliebt wird. Ihr redet ein wenig miteinander, dann beugt sie sich zu dir hinunter, um dir einen Kuss zu geben. Dann scheint sie den Sprung ins kalte Wasser zu wagen und umarmt dich, plötzlich. Und sie hält mich fest. Sie fährt mit ihrer Hand durch mein Haar. Bald werde ich mich in meinem Bett umdrehen. Daran denken, was ich falsch gemacht habe. Daran denken, was ich aus meinem Leben machen möchte, dort drüben, direkt hinter den Staus, direkt hinter den Fabriken … In London. Für mich ist es das Ende der Welt, es wird ihr Nabel bleiben. Der Pakistani faucht mich an. Sagt, ich sei besoffen, weil ich im Stehen pinkeln will.

»Is there any Gedenktafel for Keith Richards?«

»A what?«

»Eine Gedenktafel. Here lebte Keith Richards …«

»Who's fucking Keith Richarrrrrds?«

»I am. In my own way, I am Keith Richards.«

Ich musste nach London zurück.

Er wollte nicht auf mich warten. Ich hatte Angst, dass er mich dort zurücklässt und dass ich kein Taxi mehr bekomme oder den Weg zurück nicht finde. Ich bekam Panik bei der Vorstellung, in dieser Stadt stecken zu bleiben, so als existierte sie nur zu bestimmten Zeiten und als würde es keine Brücke mehr zu meinem Leben geben, zu meinen Kindern und dem ganzen Rest. Als ich über die Straße ging, glaubte ich Keith Richards in einem Auto zu erkennen und meinte zu sehen, dass er mich erkannt hat. Ich bin wieder nach London gefahren. Zwei Stunden später war ich mit ausgewachsenen Kopfschmerzen bei Hamleys. Ich habe für meine Söhne einen Zauberkasten gekauft. Ich bin auf wackeligen Beinen ins Hotel zurückgegangen. Ich dachte an Dartford. War ich wirklich dort gewesen? Ich weiß es nicht mehr. Ich habe so sehr gekotzt, dass ich hätte locker alles erfinden können, einfach alles, mit dem Gesicht auf der Klobrille, zwischen den einzelnen Kotzattacken. Aber was hätte sich geändert? Da ich es doch erlebt habe. In meinem Leben als Keith Richards.

Here erlebte Andréa Stein a lousy moment, the face on the Kloschüssel.

Polizeibericht
Toronto, 07. Februar 1977

Vernommen wurde Herr Keith Richards, britischer Staatsbürger, geboren am 18. Dezember 1943 in Dartford, Kent, England, und seine Begleiterin, Frau Anita Pallenberg, geboren am 25. Januar 1944 in Rom, Italien.

In ihrem Zimmer im Harbour Castle Hotel.

Die beiden Individuen sangen laut zur späten Stunde, wovon sich ihre Zimmernachbarn gestört fühlten. Sie hielten Bierflaschen in den Händen und zeigten alle Anzeichen für fortgeschrittene Trunkenheit. Bei der Leibesvisitation wurde beim Individuum Richards eine beträchtliche Menge Heroin gefunden. Und im Koffer diverse Betäubungsmittel, die in der Anlage aufgeführt sind.

Herr Richards beleidigte uns in einem rudimentären Französisch und drohte, uns »mit den New York Dolls bei voller Lautstärke in einen Raum zu sperren« und auf uns »zu pissen«. Diese Aussagen schienen ihn zu belustigen, und wir haben ihm, während er sich im Zustand größter Heiterkeit befand, Handschellen angelegt, während sich seine Begleiterin eines imaginären Mannes erwehrte, der, ihren Worten zufolge, sie nicht vergewaltigen wollte.

Sie wurden zur nächsten Polizeidienststelle abgeführt. Eine größere Menge Schaulustiger und Pressevertreter hatte sich inzwischen vor dem Hotel versammelt. Was die Festgenommene betrifft, hat sie von ihrem Recht Gebrauch gemacht, einen Anwalt hinzuzuziehen, während Herr Richards sagte, er wolle »seinen Dealer anrufen«. Einer der Beamten hielt es für angebracht, gegen ihn mit einer kleinen Menge Tränengas vorzugehen, um ihm begreiflich zu machen, dass mit der kanadischen Polizei nicht zu spaßen sei. Herr Richards sagte, das komme »besser als Heroin«. Bei diesen Worten nässte sich seine Begleiterin ein, und wir haben sie zu den Frauenzellen abgeführt, um ihr saubere Kleidung geben zu können. In der Folge haben unsere Kollegen von der Drogenabteilung den Fall übernommen.

Los, verschwinde. Hau ab. Ich hab einen Job für dich, und du willst ihn nicht? Der Herr will sich seine Hände nicht schmutzig machen, was? Was willst du mit deinen Händen anstellen, außer dir einen runterholen? Glaubst du, du kannst Geld damit verdienen, wenn du deine Gitarre streichelst? Glaubst du, ich werde dich noch länger durchfüttern? Ich will deine Hackfresse nicht länger sehen. Es ist eine Schande. Ein Sohn, der einen kriegsversehrten Vater hat. Du solltest dich um mich kümmern. Du solltest meine Kippen bezahlen. Jeder ist mal dran. Und hör bloß auf, diese engen Hosen zu tragen. Du siehst aus wie eine Pussi. Hau ab, Keith. Hau ab, ich will dich nicht mehr sehen, es sei denn, du suchst dir einen Job.«

Er ist größer als sein Schatten. Er ist gigantisch. Ich überrage ihn, aber ich fühle mich zerbrechlich. Ich schaue ihm direkt in die Augen, aber ich habe einen Kloß im Hals, und wenn ich nicht die Fäuste ballen würde, würde ich losheulen.

Wie kann ich ihm erklären, dass die Musik mein Leben ist, dass ich das Gefühl habe, ebenso wichtig für sie zu werden, wie sie wichtig für mich ist? Wie kann ich ihm erklären, was mit meinem Körper passiert, wenn sich Note an Note reiht? Wenn es doch regnete, wenn es wenigstens an jenem Tag geregnet hätte … Ich hätte versucht es ihm zu erklären wie Opa Augustus es mir erklärt hatte. Er sagt, ich sei faul, ich lasse ihn reden. Er sagt, ich sei verrückt, und ich denke, möglich wär's, ich denke, hoffentlich bin ich verrückt.

Ich will nicht alt werden in Dartford. Ich will nicht vor Langeweile sterben.

»Meinst du, du bist was Besseres als die Leute hier, du kleiner Spinner? Meinst du, du verdienst was Besseres als zu malochen? Was glaubst du eigentlich, wer du bist?«

Ja, ich glaube, ich verdiene etwas Besseres als das hier, und ich werde weit davonfliegen. Ich muss mich nur aufschwingen. Nur die Flügel an meinem Teenager-Körper befestigen, der schneller wächst als seine Hemden.

Ich glaube, dass er mein Vater ist und dass er mir als Sprungbrett zu meinen Träumen dienen sollte und mich nicht am Bein in seine Vorstadthölle herunterziehen, in seinen grauen Alltag. Ich habe den Eindruck, dass seine Hände immer dreckig sind. Mein Vater. Welch ein unglaubliches Gefühl, das da über mich kommt, ein Hass, der mir sagt, dass ich ihn liebe. Ich begriff, dass ich ihn liebte, als ich ihn verachtete. An jenem Tag. An dem Tag, als er mich fortjagte. Ich fühlte das Nichts unter meinen Füßen. Und das war gut. Machte mir eine Scheißangst, aber es war gut.

Ich habe meine Mutter nach ihrer Arbeit am Ausgang abgeholt und sie zu einem Tee eingeladen. Sie hat einen Blaubeerkuchen dazu genommen. Wir haben ihn geteilt. Sie fand sie nett, die Überraschung. Ich habe ihr nicht erzählt, was mit meinem Vater vorgefallen ist. Im Nachhinein sage ich mir, dass ich sie ein bisschen angebaggert habe. Als hätte ich endlich meinen Rivalen herausgefordert. Ich merkte, dass sie mich gut leiden mochte. Und ich habe mir das Recht gegeben zu leben. An diesem Nachmittag habe ich sie alle beide getötet.

Dieser Blaubeerkuchengeschmack ist in meinem Leben oft wiedergekommen. Der Geschmack des ersten Tages meines Lebens als Mann.

Ich habe sie zu Fuß nach Hause begleitet. Sie ging noch gebeugter als sonst. Sie trocknete mit der Zeit immer mehr aus, wie eine alte Frucht. Ich weiß nicht genau, wann sie gestorben ist oder ob sie überhaupt gestorben ist. Ich hatte nicht wirklich Lust, dass sie starb, und da ich sie nicht mehr sah, habe ich beschlossen, dass sie für immer bleiben sollte. Wie diese Stadt. Dartford. Ich weiß, dass es das gibt, dort drüben. In Dartford gibt es Dartford. Und meine Mutter hört nicht auf, weiterhin dort zu leben. Ich habe bloß keinen Grund, zurückzukehren. Auch keinen Grund, aufzuhören, an sie zu glauben. An meine imaginäre Stadt und meine imaginäre Mutter. Meine Mama, sie hat mich unversehrt gelassen. Das kommt selten vor, dass eine Mutter einen Mann nicht beschädigt. Den Frauen, die ich geliebt habe, war ich immer treu. Oder zumindest zu achtzig Prozent mehr als jeder andere Rockstar. Sogar ein Sonntagsmusiker legt die Mädels reihenweise flach. Man kann nichts dafür. Und als Gitarrist ist es noch schlimmer, man braucht sich nur zu bücken und zu pflücken.

Wie ist es wohl, mit einem neuen Körper zu lieben, wenn man sieben Jahre lang immer nur dieselbe Person berührt hat? Ist es wie Entjungferung? Ist man ungeschickt? Muss man am Anfang so tun als ob? Soll man sich gehen lassen? Sollte man besser etwas trinken? Wie ist es wohl zu lieben, wenn man ein Mann ist? Mit meinem Körper von Keith. Wie fühlt sich das an, die beiden Beine von Patti Hansen schön hoch anzuheben? Auf meinen Hochzeitsfotos sehe ich sexy aus. Ich bin vierzig und habe eine Fönfrisur. Wie bei *Dallas*. Ich trage einen schwarzen Anzug. Es ist mein Geburtstag. Weißes Hemd. Ziemlich unwiderstehlich. Die Braut trägt weiß. Man könnte meinen, sie sei noch Jungfrau. Mick ist als einziger von den Rolling Stones dabei. Er ist der Brautführer. Ich glaube, Patti ist die einzige von meinen Freundinnen, die er nicht vor mir gevögelt hat. Deshalb trägt auch er Weiß, um klarzumachen, dass er einen Platz in dieser Beziehung hat. Und wenn ich »ja« sage, denke ich auch an Mick, mit dem ich lebenslang verbunden bin, selbst wenn ich mit zunehmender Zeit denke, dass ich ihn nicht ausstehen kann. Wie man seinen siamesischen Zwillingsbruder nicht ausstehen kann. Leidenschaftlich. Wir sind durch die Musik verbunden. Durch unsere Kompositionen, die aus uns eine Band gemacht haben und nicht nur eine Ansammlung von Musikanten, die Bluesversionen spielen.

Willst du immer noch nicht schlafen, Keith?

Ja, ich weiß, dass das ein Kinderbett ist, aber du kannst nicht in meinem schlafen. Ich teile es mit meinem Mann. Na und? Das ist noch lange kein Grund, es ihm gleichzutun. Und außerdem, selbst wenn du wolltest … Glaubst du, du kriegst immer noch einen hoch? Hör auf so anzüglich zu lächeln, Keith. Fast wie mein Großvater. Und was meinen Mann betrifft, ich werde ihn verlassen. Wir wissen es alle, schon lange. Wir wissen wie. Nur weil dieser Abend noch ein Stück vor der Trennung liegt, heißt es nicht, dass man nicht schon alles weiß. Das Leben ist nicht so gestrickt wie im Kino, Keith. Es wird von keinem verlangt, ein wahrhaft glaubwürdiges Leben zu führen. Andréa. Ich bin Andréa Stein. Ich bin neunundzwanzig. Ich habe eine Lücke zwischen den Schneidezähnen. Immer ein paar Pfunde zu viel auf den Hüften, aber ich komme bei Jungs gut an. Wenn es regnet, fröstle ich. Wenn es heiß ist, ist mir immer noch ein wenig kalt. Wenn meine Kinder weinen, weiß ich es, bevor sie auch nur einen Ton von sich geben.

Achtung, Achtung. Schwache Batterie. Mein Herz flimmert wie ein Handy.

Brief an Ed Sullivan.

Sehr geehrter Herr Sullivan,

ich schreibe Ihnen mit dem größten Respekt für Ihre Person und Ihre Werte und als eine treue Zuschauerin Ihrer Sendung.

Es ist ebendieser Respekt, der mich heute veranlasst, Ihnen zu schreiben, um Ihnen mitzuteilen, dass Sie zu weit gegangen sind, als Sie diese Bande ungekämmter degenerierter junger Männer, die man die Rolling Stones nennt, zu sich ins Studio eingeladen haben.

Ich weiß nicht, was in London oder auch im restlichen Europa los ist, aber sie sollen ihre Vogelscheuchen bitteschön bei sich behalten. Wobei ich anmerken muss, dass die Beatles in jeder Hinsicht in Ordnung schienen, sie waren ordentlich frisiert, trugen Anzüge und nahmen keine Drogen.

Verstehen Sie mich bitte richtig, es geht mir nicht um die Musik. Ich für meinen Teil bin kein Fan von Rock and Roll, aber es ist wohl unumgänglich, dass die Jugend ihren eigenen Weg des schlechten Geschmacks einschlägt, bevor sie zur Vernunft kommt. Nein, was mich wirklich beunruhigt (und verzeihen Sie mir, dass ich nun diese Worte benutzen muss, aber ich möchte meine Gedanken in aller Klarheit zum Ausdruck bringen), ist diese Sexualität, die sie ständig in ihre Blicke und in ihre Art sich zu kleiden legen. Diese langen Haare, diese Art, ihre Augen nie zu senken, man könnte meinen, eine Bande von Urmenschen, bereit, sich auf ihre Beute zu stürzen. Dieser Mick Jagger sieht aus wie ein Mädchen, und bei der engen Hose, die er trägt, wäre ich nicht erstaunt, wenn er homosexuell wäre.

Aber der Gipfel ist einer ihrer Gitarristen, ein gewisser Richards (ist das ein jüdischer Name?), der Frauen wie Objekte behandelt und der während des Gitarrespiels sein Becken anzüglich kreisen lässt. Nein, wirklich, ich bin schockiert. Meine Tochter wollte eine von ihren Platten kaufen, ich habe ihr bis auf Weiteres Zimmerarrest gegeben.

Bedenken Sie bitte die Auswirkungen Ihrer Handlungen auf die jungen Leute, Herr Sullivan. Das Fernsehen hat großen Einfluss auf sie, denn es wird von ihnen als eine Institution wahrgenommen, die ihnen Werte und Orientierung diktiert. Es ist eine große Verantwortung, die in Ihren Händen liegt. Und sollten ihre Vorgesetzten Sie dazu zwingen, sie noch einmal einzuladen, sorgen Sie dafür, dass sie sich ihre Haare schneiden und etwas Anständiges anziehen.

Ich hoffe, wir haben noch viele schöne Sendungen vor uns, auf die wir uns freuen können. Ich bleibe eine Ihrer treusten Bewunderinnen und hoffe sehr, dass Sie wieder diese entzückende Dame, die Gartenkönigin Miss Jones, in die Sendung einladen werden.

Auf die Rückseite des Briefumschlags habe ich meine Adresse geschrieben, damit Sie mir, sobald es Ihr voller Terminkalender ermöglicht, eines Ihrer Fotos mit Widmung zusenden können.

Hochachtungsvoll,

Peggy Sue, Dallas.

PS. Das Hemd von diesem Richards war bis zum Nabel aufgeknöpft. Es ist ein Anschlag auf das Anstandsgefühl.

Unterwegs habe ich mich an ihn als Zwanzigjährigen erinnert. Er war immer der Sonnyboy der Gruppe. Immer zufrieden, dieser Bill. Alles war lustig. Alles war gut. Er glotzte den Frauen auf die Brüste. Schon als wir das erste Mal im Gemeindesaal von Putney gespielt haben, hat es toll geklungen. Wir sind jetzt fünfzig und füllen die größten Stadien. Es ist vielleicht die letzte Tournee vor der allerletzten ... Kann man denn wirklich etwas anderes als weitermachen?

»Das ist nicht dein Ernst. Fish and Chips? Ein Rolling Stone, der Fish and Chips mampft? Lass dich umarmen, Arschloch.«

»Keith, du hast immer noch diesen abgewrackten Look. Schau sich bloß einer dieses Panther-Hemd an.«

»Ich kann mir den Look leisten, ich bin immer noch ein Rockstar.«

»Willst du ein Bier?«

»Hast du nichts Stärkeres, Bill?«

»Erdbeermilch vielleicht? Das könnte eine interessante chemische Reaktion in deinen verfaulten Eingeweiden geben.«

»Gut, dann eben ein Bier.«

»Mick war gestern hier.«

Ich musste lachen. Der Typ kommt immer als Erster.

»Dann weißt du also, dass es wieder losgeht.«

»Ohne mich, Keith. Für mich war's das. Ich hab's euch gesagt, vor zwei Jahren schon.«

»Du hattest genug Zeit, dich inzwischen zu langweilen.«

»Ich steige in keinen Flieger mehr, Keith. Ich hab es gesagt. Kein Flugzeug mehr.«

Ich habe mich über ihn lustig gemacht. Und über die vielen im Auto abgesessenen Kilometer, nur weil er Angst vor dem Fliegen hat.

»Das ist nicht wie bei den Blues Brothers, Keith! Nicht alles ist lustig, weißt du? Im Moment geht es um mein Leben. Mein Leben! Ich hab es satt, der Hampelmann von dir und Mick zu sein.«

Und er stand da und fing an zu weinen, einfach so. Zwischen seinen leeren Fish and Chips. Es war elf Uhr am Vormittag. Große Tränen fielen in Pfützen zu seinen Füßen. Er rührte sich nicht. Ich auch nicht. Ich wagte es nicht, ihn zu umarmen und ihm mit meinen Frauenhänden übers Haar zu streicheln.

»Es ist okay, Bill. Ich verstehe.«

Er schüttelte den Kopf, als könnte ihn keiner verstehen. Als müsste er gegen uns kämpfen. Gegen die Musik. Gegen das außergewöhnliche Leben, das er geführt hat. Er wollte nur seine Fish and Chips. Und dass wir einfach nur gehen. Er war dabei, normal zu werden. Er war dabei, sich im Kreis zu drehen, und ich ging hinaus. Ich ging zu

Fuß nach Hause. Vielleicht hatte Bill ja Recht. Man sollte vielleicht das Handtuch werfen und etwas Essbares in die Pfanne. Ist doch wahr, das ist wenigstens etwas Greifbares: der Geruch eines Wittlings, das Fett der Pommes frites, das Bier, das von innen wärmt, das sind tröstliche Dinge. Ganz anders als eine Menschenmenge. Oder ein Lied, das verklingt. Oder das Machtgefühl, das sich nach dem Konzert in Luft auflöst. Roadies, die das Zeug zusammenpacken. Tonnen von Kabeln, die aufgerollt werden, fürs nächste Mal …

Ich blieb vor einem Fish-and-Chips-Imbiss stehen. Es hatte mir Hunger gemacht. Und dieser Schwachkopf Bill hatte nur ans Heulen gedacht statt daran, mir etwas anzubieten. Bevor ich zu ihm ging, hatte ich mir einige Linien reingezogen, und jetzt fing ich an, mich richtig gut zu fühlen. Ich kann also nicht mit Bestimmtheit sagen, ob die Frau, die mir meine Fritten serviert hat, die Blonde von Abba war, aber beim Hinausgehen meine ich mit ziemlicher Sicherheit die Brünette und einen der beiden Kerle erkannt zu haben.

Mick und ich standen noch nie besonders auf Fisch.

Zwei Wochen später füllten wir ein Stadion. Ohne Bill Wyman.

Auch er füllt Stadien und Säle, während ich unser Haus einrichte. Ich hoffe, daraus ein richtiges Heim für die Familie zu machen, ich möchte, dass man hier Dinge miteinander teilen kann. Ich möchte, dass wir uns beim Altwerden zusehen, dass wir uns immer wieder ineinander verlieben, ganz sachte, unter Pinienbäumen, unter dem Gesang der Zikaden. Ich weiß noch, wie ich die Steine berührt habe und bei mir gedacht habe, es ist mein Haus. Es ist solide. Es steht fest da, ich kann es nicht mit meinen Armen umfassen, aber es ist meins, ich habe die Hälfte davon mit vollgekritzeltem Papier gekauft …

Ich konnte mir mein Leben nicht ohne dieses Haus vorstellen. Ein Priorat aus dem siebzehnten Jahrhundert, nüchtern. Elegant. Solide weiße Steine. Als ich es das erste Mal betrat, sagte etwas in mir »hier werde ich sterben«. Ich hatte nicht Unrecht. Etwas in mir ist gestorben, ein Teil von Andréa Stein ist dortgeblieben und geht in dem Haus um. An diesem Wochenende ist er dort runtergefahren, mit einer anderen Frau und mit unseren Kindern. Ich habe jede Kleinigkeit ausgesucht, jedes Möbelstück steht für einen bestimmten Moment, für ein geführtes Gespräch, für einen Transport. Es gibt auch Erbstücke von meiner Familie. Überall ist etwas von mir. Ich habe die Betten ausprobiert, in jedem Zimmer geschlafen. In dieser Gegend verbrachte ich als Kind meine Wochenenden. Nun ist mir alles genommen worden. Meine Träume, die Steine, die Einrichtung, der Mensch, der hier gewohnt hat, und sogar das Lubéron. Ich komme nie wieder her.

Mick und Marianne haben gestern Abend England verlassen und sind nach Marokko geflogen. Seitdem man seine Amphetamine bei mir gefunden hat, hat Jagger Schiss. Er will, dass wir uns absetzen. Vor allem will er einen draufmachen, ohne dass man ihm auf den Sack geht. Ich habe versprochen nachzukommen. Ich habe mit der Faithfull in einer Ecke geknutscht, kurz bevor wir los sind, ich denke, ich könnte mich vorsichtig an sie ranschmeißen. Den ganzen Tag spüre ich ihre Zunge in meinem Mund

und eine Lust, die ich nicht abschütteln kann. Bestimmt auch auf Mick, über sie. Lust, ihr Talent zu stehlen, diese Frau ist genial. Mick hat mir erzählt, dass sie beim Sex über mich reden. Er sagt mir das, während er an seiner Zigarette zieht, halb eifersüchtig, halb erregt. Marianne begnügt sich damit, mich zu berühren, wenn wir uns begegnen, manchmal zwischen den Beinen. Während der Polizeirazzia hat man sie einer Leibesvisitation unterzogen. Unter ihrem Pelzüberwurf war sie nackt. Ich hätte auch gern ihren Körper durchsucht. Sie hatten uns am Arsch, und ich konnte nur daran denken. Lasst mich in ihr suchen … Ich habe Tony Kohle gegeben, damit er die Bullen besticht. Sehr viel Kohle. George Harrison ist damit davongekommen. Brion Gysin wartet auf uns in seinem Haus in Tanger. Da ist auch diese Schwuchtel Cecil Beaton, der auf meinen Jagg abfährt. Bestimmt zeichnet er ihn heimlich in sein kleines Skizzenbuch. Mit schwarzer Kreide und heraushängender Zunge. Mick bringt ihn dazu, immer stärkere Drogen zu nehmen, damit er etwas anderes sieht als die Realität. Damit er seinen Stil verändert. Tom Keylock wird dort sein. Und der andere Rothaarige, dessen Name ich vergessen habe. Es gibt ganze Schwärme von diesen Parasiten, die mit uns von Ort zu Ort ziehen, so wie es bei einer reifen Traube auch immer eine Menge gammeliger Beeren gibt.

Ich habe beschlossen, dass wir mit dem Auto fahren. Mit meinem Blue Lena. Wie arme Schlucker. Mit kleinem Gepäck und meiner Gitarre. Ich möchte mir Zeit nehmen. Ich habe mehr Lust auf die Wege, als darauf anzukommen. Es gibt Dinge, die ich ins Rollen bringen will. Melodien, die es auszudenken gilt. Meine Sinne, die sich um mich drehen und darauf warten, eingefangen zu werden.

Im Moment ist es Anitas Hand, die ich zu fassen kriege. Sie steigt hinten ein. Und in dieser Hand liegt ein Hauch von Versprechen. Es ist genau der Augenblick, in dem ich mich in sie verliebe. Ohne es mir einzugestehen. Ohne sie vorher je wirklich angeschaut zu haben. Diese Hand, die so zart ist und mich doch so fest hält, diese Hand, die mich im Nu beruhigt, wie einen Säugling, den man auf die Haut seiner Mutter legt.

Wir schauen uns immer länger an, Anita und ich, und Brian fällt es immer schwerer, Luft zu kriegen. Als würde ihn unsere zum Leben erwachende Liebe ersticken. Dabei geht alles sehr diskret zu, ein Blick im Rückspiegel, der die Intensität des anderen aushält, Körper, die sich zufällig streifen. Eine Stille, die sich breitmacht. Brian erstickt fast, er hustet sich die Seele aus dem Leib. Und es ist die Seele von Anita, die sich von seiner abkoppelt und zu meiner hingleitet. Man fühlt es. Jeder fühlt es. Gespannte Stimmung, aber unvermeidlich.

Im Krankenhaus von Albi.
Brian ruhiggestellt.
Es geht ihm schlecht.
Das Krankenhausbett.
Anita und ich setzen unsere Fahrt allein fort.
Vögeln.
Wieder.
Ich schlafe mit ihr.
Wieder.

Marianne und Anita holen ihn in Toulouse ab.
Sie fehlt mir.
Mick lacht mich aus.
Brian lässt sich in London untersuchen.
Armer Kerl.
Dann mit dem Flieger nach Tanger.

Brian trinkt im Flugzeug. Er ahnt etwas von mir und Anita. Er hat alles kapiert, und liebt sie umso mehr und hasst mich umso mehr. Er wird nie wieder mit uns spielen. Immer nur gegen uns. Das wird seltsam klingen. Er denkt, man hat ihm seine Band, seine Frau, sein Talent stehlen wollen. Er denkt, diese Dinge kann man besitzen. Er hat nichts, aber auch gar nichts verstanden. Das Leben dreht sich um ihn, um das, was er will, was er verliert. Als Anita kommt, ist sie verängstigt. Sie bricht in meinen Armen weinend zusammen. Und ich, der ich geglaubt habe, dass ich meinem Kumpel die Frau ausgespannt habe, stelle gerade fest, dass es meine Frau war, schon immer, dass sie sich lediglich verirrt hatte. Anita und ich, wir werden nicht mehr einer ohne den anderen leben können.

Radio-Interview, Dubrovnik.

Moderator: Guten Tag! Wie schon seit fast einem Monat angekündigt: Hier sind die Rolling Stones! Live aus Dubrovnik. Also, wie ist es für Sie, hier bei uns zu sein?

Keith Richards: In welchem verfickten Land sind wir noch mal?

Moderator: Sie sind in Dubrovnik, der Hauptstadt von …

Mick Jagger: Der Hauptstadt vom Arsch der Welt.

Keith Richards: China? Nein, warte, lass mich raten, Kurdistan? Magst du es, Mick?

Mick Jagger: Dubrovnik? Hübsche Mädchen, aber arschkalt.

Moderator: Ich bin sicher, dass Sie heute Abend bei Ihrem Konzert gut einheizen werden. Sicher werden Sie alle Ihre großen Hits spielen?

Keith Richards: Wow, bist du schlau. Hast du gesehen, wie er den Übergang hingekriegt hat? Einheizen … Konzert … Er schmeichelt uns, hast du gemerkt? Du hast Angst, wir nehmen dir dein Studio auseinander, was? … Du willst ein konstruktives Gespräch.

Mick Jagger: Scheiße, Keith, du bringst ihn ins Schwitzen, den Chinesen. Hör auf, lass ihn mal eine Frage stellen. Na mach schon, stell deine Frage …

Keith Richards: Also gut. Worin unterscheidet sich dieses Album von den anderen? Wie fühlt es sich an, die großartigste Gruppe aller Zeiten zu sein? Nehmen Sie immer noch Drogen? Was glaubst du?

Moderator: Jaa …

Keith Richards: Was, ja? Dass wir die großartigste Gruppe aller Zeiten sind? Oder dass wir Drogen nehmen? Es geht gar nicht darum, ob wir Drogen nehmen. Wir stehen einfach weit über den Dingen. Es fühlt sich echt schräg an, wenn man nüchtern ist. Stell dir das so vor, als würdest du dir Heroin reinziehen. Wir leben in der Negativwelt von deiner … Na gut, dann erzähl uns mal, mein Großer … Wo liegt Dubrovnik? Es scheint dir sehr wichtig zu sein, den Arsch der Welt zu lokalisieren.

ich haTTe keinen bOck eine muschl mit nach hause zu nehmen. ZERSTÖRT, jA, seit moRGen bin ich schon ZweimaL tOt. ich biN auf heroin auf CRACK
auf alles was es gibt um das lachen zu verschEUchen und musiK draus zu machen. sie spielt. sie spielt. wenn ihr mal in meinen kOPF reinhören könntet; es klOPft in meinem kopF aBER es klOPft gut.
wie rock. der rocKn roll macht ein hübsches geräusch.
ein geräusch das trägt. und ich ich BIn ein kerl wie alle anderen,
wie alle anderen.

ich will dass man mich trägt, immer. wohin? ich weiß es nicht. aber Weit weg … iMMer weiTer von mir weg. iMmEr noch besser als jetZt.

Open Tuning für das D.

D

G

A

H

D

Ich töte die sechste Saite. Die tiefste. Sie würgt die Harmonie und blockiert meine Art zu komponieren.

Es passiert in dieser Nacht.

Es passiert in dieser Nacht, dass ich meine Fender Telecaster Custom stimme, dass ich das erfinde, was von mir übrig bleiben wird. Dass ich ein G im Bass habe und den Himmel über meinem Kopf weit offen.

Man hat mich verhaftet. Man hat mich durchsucht. Den ganzen Körper. Lachen. Ja, ich denke, auch sie lachen gegen mich. Man weint für jemanden, man lacht gegen. Und oft denkt man, man sollte besser lachen. Meine Hände sind gefesselt. Fest. Es schneidet mir in die Handgelenke. Ich kann nicht gegen ihr Lachen anspielen. Ich versuche es in meinem Kopf, aber ich bin damit beschäftigt, aufrecht stehen zu bleiben.

AUFRECHt stehen.

AUFrecht sTehen ohne zu kotzen.

Name

Vorname

GeburtsdaTUM

Ort

Ihr wIssT wer ich Bin, VERdammt, die ganze weLT weiß, wer ich bin.

SAG ES IHNEN Andréa

Die ganze Welt WEiSS, wer ich bin.

Die ganze Welt meint es am nächsten Tag zu wissen, als sie die Zeitung aufschlägt. Wo man verkündet, dass Keith Richards wegen Drogenkonsums hinter Gittern ist. Bei den Mengen wollen sie mich wegen Drogenhandels drankriegen.

Ganze Nächte und Tage bin ich schon im Gefängnis und die Nächte kommen wieder.

Ich habe vergessen, wie sich mein Verhängnis anfühlt. Keine Erinnerungen mehr an ein gutes Drogen-Feeling. Nur die Kälte im Leib. Und Unverständnis. Wer sind sie, dass sie mich daran hindern wollen, mir selbst zu schaden? Warum sperrt man Leute ein, die versuchen, vor sich selbst zu fliehen? Müssen wir denn alle im Gefängnis unserer Körper bleiben? Man schließt uns ein, Leib und Seele, unter einer weiteren Schicht Beton. Noch vor dem Grab. Es scheint, dass man mich besser behandelt als die anderen, weil ich ein Star bin. Weil andere Künstler da draußen meinetwegen Krach schlagen. Ich bekomme Briefe von Junkies, die mir beistehen wollen, von Frauen, die mir vergeben. Aber ich habe um nichts gebeten. Weder um Vergebung noch um Mitgefühl. Ich habe mich bloß zugedröhnt, und man hat mich eingelocht. Dabei war ich doch schon in mir selbst gefangen. Haben sie das denn nicht begriffen?

In den ersten Tagen hatte ich keinen Stift, kein Papier, keine Gitarre. Anscheinend kann man sich mit Saiten erwürgen. Also habe ich mir mit meinem Finger eine an die Wand gemalt. Und ich spiele mir die Finger blutig. Am dritten Tag habe ich mir eine Vagina gemalt.

Dann bin ich rausgekommen. Monate später. Wir haben gezahlt. Danach waren wir wie neu. Mick, Fraser und ich.

Angewidert durch den Mangel an gesundem Menschenverstand im Gerichtswesen. Nicht geheilt von der

Lust, mich unter Drogen zu setzen. Um uns bei den Fans zu bedanken, die zu uns gehalten haben, nehmen wir *We Love You* auf, und die Beatles kommen auch, um Background zu singen. So wie wir es bei *All You Need Is Love* machen werden. Ich sitze auf dem Motorrad-Taxi und höre die Beatles in meinem Helm. Der Fahrer fährt zwischen den aggressiven Autos der Pariser Slalom. Ich hetze von einem Termin zum anderen. Interviews zu einem meiner Theaterstücke. An der Ampel hält ein fast identisches Motorrad neben uns, nur dass es rot lackiert ist und die Aufschrift trägt: »Eilig. Bluttransport«. Genau wie bei uns, habe ich bei mir gedacht, auch ich bin Blut. Das eine schlängelt sich durch die Verkehrsstaus, um in einen anderen Körper zu gelangen. Meins manövriert sich so gut es kann zwischen dem angestauten Kummer hindurch. Ihr habt denselben Beruf, ihr befördert Blut. Meins hört nicht auf zu fließen, zwischen meinen Schenkeln, aus der Nase, aus dem Finger, in den ich mir ohne Absicht schneide. Immer ohne Absicht. Es ändert nichts daran, dass, seitdem ich meinen Mann verließ, auch mein Blut das Bedürfnis hat, woandershin zu gehen.

Nach dem Konzert habe ich ein Mädchen aufgegabelt. Etwas rundlich, hübsche Augen. Ihr Schottenrock hat mich angemacht. War nicht wirklich attraktiv. Hat mir leidgetan. Ein bisschen gewöhnlich. Ein Mischmasch von Gefühlen, der zu einer Erektion führt. Es war fast eine patriotische Geste. Ich kann doch nicht nur Londonerinnen mit schwedischen Wurzeln vögeln. Ich bin die Nummer 1 der englischen Charts. Ich bin es England schuldig, etwas von meinem Körper an diese Mädchen zu verschenken. Sie stammte aus der Provinz. Ich glaube kaum, dass sich die Leute bewusst sind, dass es so etwas wie eine englische Provinz gibt. Man stellt sich vier Schlösser mit Krocket spielenden Lords vor. Und einen Mörder, der von einem Detektiv in karogemustertem Umhang gejagt wird. Vielleicht noch eine alte Dame mit einer rosa Brille, die Kitschromane schreibt. Wenn man die Vorstellungskraft noch ein wenig mehr strapaziert, dann kommt da noch das Bild einer Stadt mit Häusern aus roten Ziegeln und Bengeln, die davon träumen Ballett zu tanzen, oder von Bergarbeitern, die Striptease machen. Aber sonst? Loch Ness? Was mich wirklich wundert ist nicht die Tatsache, dass man das Monster fotografiert haben soll, sondern dass dort überhaupt jemand gewesen war und das auch noch mit einem Fotoapparat. Aber die Provinz existiert. Wenn man nicht in London geboren ist, wenn man weder Börsenmakler noch Rockstar ist und nicht davon überzeugt, dass man mit einer der beiden Kategorien von Leuten schlafen könnte, gibt es keinen Grund in London zu leben. Aber die englische Provinz ist ein bisschen so, als würde man es vorziehen, in einem Wandschrank zu leben, obwohl man ein zweihundert Quadratmeter großes Appartement zur Verfügung hätte. Die Leute dort könnten einfach weggehen. Sie sprechen englisch. Sie könnten einen Job in jedem beliebigen Teil der Welt finden. Im Übrigen habe ich den Verdacht, dass die Ausdehnung dieser Sprache nicht uns oder den Beatles geschuldet ist, sondern der riesigen Menge von ausgeschwärmten Au-pair-Mädchen.

Ich brauche Schlaf, ich schiebe sie sanft in Richtung Ausgang.

»Du wirst dich bestimmt nicht bei mir melden.«

»Nein, eher nicht, ich werde mich nicht bei dir melden. Es ist schon cool, dass ich dich angesehen habe. Völlig unerwartet, dass ich mit dir Sex hatte.«

»Wieso bist du so gemein? Für wen hältst du dich eigentlich?«

»Für Keith Richards. Den Gitarristen der Stones.«

Sie warf sich mir zu Füßen und heulte.

»Nimm mich in den Arm. Nur heute Nacht. Ich möchte in deinen Armen schlafen.«

»Nein, Lisa, heute Nacht geht es nicht.«

»Ich heiße Wendy.«

»Umso schlimmer. Ich kann nicht.«

Ich musste den Sicherheitsdienst kommen lassen. Sie haben sie rausgeschmissen. Sie schrie, tobte. Am Morgen darauf hatte sich Wendy vor dem Hotel umgebracht. Ich habe es nicht bereut, sie nicht in den Arm genommen zu haben. Im Tageslicht war ihre Haut noch weißer, eine dicke Masse geronnener Milch. Sterben oder in die englische Provinz zurückkehren …

Als ich am Nachmittag in unseren Bus stieg, nachdem mir die Bullen ein paar Fragen gestellt haben, schliefen die anderen gerade ihren Rausch aus. Ich habe mich nach vorne gesetzt und habe den violetten Nagellack auf meinen Fingernägeln wahrgenommen, den drittklassigen Nagellack von Wendy, der mich angemacht hatte. Ich habe zuerst gedacht, dass er abgefärbt war, aber er war tadellos aufgetragen. Und da begriff ich mit einem Schlag, dass ich ihre Hände hatte. Wendy war tot, aber wie durch einen Fluch sind ihre Hände bei mir geblieben, sind zu meinen geworden. Ich werde nie wieder eine Frau berühren können, ohne dass Wendy dabei ist. Sie wird es sein, die mir einen runterholen wird. Sie wird mir die Kokslinien legen. Ich habe gelacht, dann geweint, dann habe ich Ron geweckt.

»Ron, guck mal. Ich habe Frauenhände. Guck mal.«

»Lass mich in Ruhe, Mann. Du bist betrunken.«

Ich habe den Bus gestoppt und mir eine meiner Gitarren gegriffen. Ich bin ziemlich weit aufs Feld hinausgegangen. Ich wollte nicht, dass mich einer hört. Was ist, wenn … Was ist, wenn ich nicht mehr spielen kann? Wenn kein einziger Ton rauskommt? Die Autos rasten auf der Landstraße vorbei. Es war wahnsinnig laut. Ich hatte meine Lolita. Eine kleine zierliche Gitarre, die ich mit auf Reisen nahm. Ich spielte den ersten Akkord von *Always On My Mind*, ein Stück von Elvis. Dann den zweiten. Ich sang ein bisschen mit, um mir Mut zu machen.

»Vielleicht habe ich dich nicht geliebt ...«

Und ich spielte. Ich spielte besser. Dann habe ich geweint, aber ich habe nichts gesagt. Ich zog mir eine Linie rein und warf ein Schlafmittel ein und pennte bis zum nächsten Auftritt.

Wenn die Leute mich bloß so sehen würden. Die kleine Schriftstellerin in ihrem Jogginganzug und mit ihrem iPod. Mit den Armen in der Luft wedelnd wie ein Teenie. Die kleine Schriftstellerin, die sich die Gitarre in voller Lautstärke anhört, um zu verstehen, wer Keith Richards ist. Hat man sie sitzen lassen, die kleine Schriftstellerin? Nicht wirklich, sie ist gegangen. Sie ist stolz, die kleine Schriftstellerin, sie geht mit hoch erhobenem Kopf, auch wenn die Beine abgehackt sind. Sie senkt nicht den Blick, trotz Tränen in den Augen. Nein, nein. Aber was weiß sie schon von Schmerzen? Sie wurde betrogen ... Oooh ... Die arme kleine Schriftstellerin ... Armes kleines Blondchen. Und sie hat zwei Kinder? Und eine Narbe vom Kaiserschnitt? Unglaublich ... Und sogar einen Schlitz zwischen den Pobacken? Das ist ja niedlich, sieht aus wie eine große Spardose. Also, wie fühlt sich das an, mit einem berühmten Typen verheiratet zu sein und dann nicht mehr? Keinen Tisch mehr im Restaurant zu haben ... So was ist schon wichtig im Leben, Tische im Restaurant ... Sie haben völlig Recht, mir diese Frage zu stellen. Ich hätte mich vielleicht mit meiner Spardose auf meinen Stolz setzen sollen, um weiterhin den besten Tisch im Restaurant zu bekommen. Meinst du wirklich? Meinst du, du wirst eine Falte bekommen, sag, kleine Schriftstellerin? Meinst du, Keith wird dir von seinem Erlebten abgeben? Oder aber du bleibst naiv und doof. Glaubst du, die Türen werden wieder zufallen, mit deinen Fingern dazwischen, kleine Schriftstellerin? Glaubst du, ich werde nicht mehr schreiben können und Keith wird aufhören zu spielen? … Glaubst du, es wird Zeit, mit dem Ganzen aufzuhören? Wenn die Leute dich bloß so sehen würden. So wie du bist. Was würden sie weinen. Was würden sie lachen. Kann Keith für dich ihr Lachen in Musik verwandeln? Meinst du wirklich? Ja, ja doch, wir werden ihn ganz lieb darum bitten … Und du wirst das Innerste deines Herzens vom Staub befreien. Dich von Menschen befreien. Die Sehnsucht töten, womit auch immer, mit einem Messer, einem Blick, anderen Schwänzen. Das nennt man erwachsen werden, kleine Schriftstellerin. Das nennt man Zynismus, und das passiert, wenn man erwachsen wird, man wird eine Vollidiotin. Was hast du denn gedacht? Dass man ein Rockstar wird, kleines Mädchen, das kleine Wörter kritzelt? Nein, keiner wird Rockstar. Keiner außer mir.

Brief an Ed Sullivan.

Lieber Ed,
ich wollte Ihnen sagen, dass ich Ihretwegen den absolut coolsten Moment meines Lebens erleben durfte, und auch wegen meiner Tante Mimie, die Sie kennen und die Sie über Ihre Sekretärin, die eine Freundin von Tante Mimie von der Uni ist, ~~wegen der~~ um Karten für Ihre Fernsehshow gebeten hat, die ausgerechnet an dem Tag stattfand, als Sie die

!!! Rolling Stones !!!

aus London zu Besuch hatten!

Ich liebe Rock und ich kannte mal einen Typen, der im College ein bisschen Rock gespielt hat, aber nie, niemals vorher habe ich einen Rocker live gesehen. Und plötzlich habe ich die Mädchen verstanden, die ich vorher »die armen Mädchen« genannt habe, wenn sie im Fernsehen in Ohnmacht fielen, weil ich selbst beinahe in Ohnmacht gefallen bin, aber ich habe mich zusammengerissen, weil wir ja im Fernsehen waren und ich wollte mich nicht den Rest meines Lebens schämen müssen oder noch in 20 Jahren Gesprächsstoff auf Familienfeiern sein oder dass mich mein Mann dafür irgendwann mal verlässt. Ich bin zwar nicht verheiratet, aber ich bin ein vorausschauendes Mädchen und versuche immer ein Stück weiter zu sehen.

Zuallererst war da ihre Musik, die tief in mich hineingegangen ist, und wenn ich tief sage, meine ich das wörtlich, so tief wie ich mir eine Sache vorstelle, über die man nicht reden soll, aber was soll's, ganz genau so. Dann sind sie von der

Bühne runter und wir durften nicht fort, obwohl ich schreiend hinter ihnen her laufen wollte, aber ich habe Ihre Show respektiert, weil ich gut erzogen bin und auch wegen meiner Tante Mimie und noch einmal wegen der Familienfeiern und so. Aber als die Kameras aus waren, sind wir zum Ausgang gerannt, und da wir nicht blöd sind (ich hab es Ihnen noch nicht gesagt, aber ich war da mit meiner Freundin Shana, die gerade eine Ausbildung zur Friseurin macht und die gesagt hat, dass ihre Haarschnitte neu und cool waren), jedenfalls habe ich mit ihr den Künstlerausgang gefunden. Und da!!! Eine Stunde später sind sie rausgekommen, und wir waren nass vom Regen, aber ich habe mich auf den Gitarristen Keith Richards geschmissen und er hat mir sein Kaugummi gegeben, und wenn ich sage gegeben, dann meine ich GEGEBEN! Mit dem Mund. Nicht mit der Hand. Von seinem Mund zu meinem Mund. Einfach so. Wouau … Ich werde diesen Kaugummi mein ganzes Leben lang behalten. Es ist ein bisschen wie ein Ehering.

Für alles das möchte ich mich bei Ihnen bedanken und auch weil meine Tante Mimie gesagt hat, dass man das so macht. Könnten Sie bitte ein Foto von Keith Richards für mich besorgen, mit einer Widmung mit meinem Namen, und ihm sagen, dass ich das Mädchen mit dem Kaugummi bin? Er müsste sich an mich erinnern. Sagen Sie ihm auch bitte, dass ich nach Altamont fahren werde, zu dem großen Konzert.

Ich drücke Sie herzlichst,
Ihre Lili,
New Orleans.

1969. Meine Erinnerung daran ist von oben. Ein bisschen unter dem lieben Gott, aber ein ganzes Stück über den anderen Leuten. Ich sehe Blut, oder ich rieche es. Ich weiß, dass da unten gelitten wird. Ich sehe Leiber an Leiber gedrängt. Haut an Haut, erstickend nah. Wie ein beseeltes Magma in Rage. In Bewegung. Unfreiwillig. Weil man aufeinander einprügelt. »He, da unten gibt's ne Schlägerei!« Ja, da unten tut sich was. Nicht ganz so weit oben, auf der Bühne, habe ich gespielt wie nie zuvor. Wir waren in den Staaten ein Jahr lang auf Tournee. Ich habe noch nie zuvor so viel britischen Akzent gehabt. Je mehr ich sie reden hörte, desto britischer fühlte ich mich. Dieses Gratiskonzert war Micks Idee. Das klang doch gut, Altamont. Altamont in Kalifornien. Altamont hätte der Name eines Mädchens sein können, das in der Band von einem zum anderen weitergereicht würde. Altamont, das sollte unser Woodstock werden.

Flying Burrito Brothers, Santana, Jefferson Airplane, Crosby, Stills, Nash (und bald and Young).

Völlig fertig. Das Finale der amerikanischen Tournee. Wir waren vollgepumpt bis in die Haarspitzen. Ich erinnere mich an den Stoff, den Mick Taylor einige Stunden zuvor aufgetrieben hatte. Da war ein Typ am Eingang, der gesagt hat, »ich muss da rein, ich hab einen megageilen Stoff für sie«. Und die Bodyguards haben ihn bis zu uns gebracht. Ein anständiger Typ. Wollte nicht bezahlt werden. Ein Dealer, aber ein Fan. Taylor hat es zuerst getestet. Ich erinnere mich an seine Soli und meine Riffs wie an sexuelle Alchimie. Ich erinnere mich an die Menschenmenge. Ein Meer von Gesichtern, die ineinander verschwammen. Es war ein gigantisches Chaos, so wie ich es liebe. Die Sicherheitsleute kamen damit nicht klar: Hells Angels, die den Ordnerdienst übernommen hatten. Entweder schlagen sie grundlos oder sind zu nachsichtig. Als ein hübsches halbnacktes Mädchen aufkreuzt und ihnen erzählt, dass sie mit einem von uns verabredet ist, lassen sie sie rein, aus Angst vor einem Rausschmiss. Und wir besorgen es ihr, aus Angst, unseren Ruf zu verlieren. Ich glaube, vor dem Konzert habe ich ein bisschen gekotzt. Mick zog vor dem Spiegel sein übliches Ding ab, er schürzte seine Lippen mit zwei Fingern auf und gab dem Spiegel einen Zungenkuss. Er sagte unaufhörlich: »Das ist unser Tag, Keith. Es ist ein großer Tag, du weißt das.« Ich weiß nicht, ob ich mich vorher oder nachher übergeben habe. Ich erinnere mich an das Geräusch der Rotorblätter des Hubschraubers. Wie das Schlagzeug, als wir auf die Bühne kamen. Laut, sehr laut, und die Schreie der Leute dazu. Die Schreie, die innerhalb von zwei Stunden von Freude in Entsetzen übergingen.

Ich sah die Menge, die sich zu viel bewegte. Nichts Solides. Es ließ mich umso besser spielen. Wie in einer kontrollierten Trance. Was mir in diesen Bädern in der Menge gehörte, war die Einsamkeit. Ich hätte mir Konzertsäle von normalem Ausmaß gewünscht, Mick wollte in ausgestreckten Armen untergehen. Ich wollte Gesichter sehen, Mick mied jeden Blickkontakt. Jagger hat nie die Liebe geliebt. Er ist immer mit den bösen Mädchen ins Bett gestiegen. Mick liebt die Flucht. Er liebt den Sex und das Geld. Er hätte zu viel Angst, nicht mehr geliebt zu werden. Ich wollte Musik machen, teilen. Mick wollte ins Wanken bringen, umstürzen. Ich wollte Musiker sein, Mick Superstar. Und er hat die Stones erschaffen. So wie Sisyphus, der seinen Stein rollt. Aber wir waren daran gebunden und dazu verurteilt, die Dinge von oben zu sehen und uns dann zermalmen zu lassen unter dem Gewicht dessen, was wir am Vortag waren.

War die Musik dafür verantwortlich, was schließlich passiert ist? War denn so viel Aggressivität in unserer Musik, dass sie gehört haben: »Tötet ihn! Macht den Typen kalt!«? Es gab Schweiß und Anspannung und diesen unglaublichen Stoff, der uns anders spielen ließ als sonst. Ein Kerl mit nacktem Oberkörper, der einen auf rosa Flamingo machte. Ein Mädchen, das mit ihren Brüsten wackelte. Bier, das aus den Bärten lief. Es gab eine animalische Energie, eine Aura der Gewalt, die in der Luft lag. Und diese Spannung, die sich in Woodstock in Sex entlud, wurde nach und nach beengend und morbid.

Ja, es ist das Geräusch des Hubschraubers, danach, das mir in den Sinn kommt.

Wie kommt es, dass sie auf einmal übereinander herfielen?

Hört auf!

Fasst euch nur an, wenn ihr euch Gutes tun wollt.

Mick trägt ein rotes herumwirbelndes Kostüm, als wollte es einen in Blutrausch versetzen.

»Lasst uns zeigen, dass wir alle vereint sind!«, sagt Mick.

Vereint worin? In der Barbarei? In der Angst?

Meredith Hunter. Ein Schwarzer im Anzug, der eine Knarre gezogen hat. Die Hells Angels haben sich auf ihn geworfen und mehrfach auf ihn eingestochen. Sie glauben nicht, dass seine Hautfarbe Einfluss auf die Heftigkeit der tödlichen Messerstiche gehabt habe. Noch auf die Tatsache, dass sie, nachdem er schon überwältigt war, ihn weiterhin misshandelt haben. Nein, natürlich nicht. Die Hells Angels wollten lediglich Mick Jagger verteidigen.

Ja, das sind die Stones. Typen, die in ihren Hubschraubern davonfliegen. Typen, die mit dem Lärm ihres Überlebens die Schreie ihres Publikums in den Niederungen zerhäckseln. Und der Frieden und die Liebe, die wir zu besingen glaubten, zerstieben mit dem Wind. Das ist das Ende des Hippie-Traums.

Ich habe das Gesicht von Meredith Hunter gefaltet in meiner Brieftasche behalten. Es ist ein Bild aus der Morgenzeitung. Ich erinnere mich an das Blitzlichtgewitter am Flughafen wie an die Hohnversion einer Totenmesse. Ich habe die ganze Nacht geweint. Mehr über das Ende der Illusionen als über das Ende dieses Mannes. Das Ende einer Ära. Unserer Vision der Menschlichkeit und der Liebe. Ich habe mein Gesicht mit Wendys Händen abgewischt, und an dem Tag hat es mir gutgetan, Frauenhände zu haben.

Trocknest du mir heute Nacht meine Tränen, Andréa? Nur heute Nacht, morgen werde ich sicher tot sein.

Es ist eine Gala auf dem Festival von Cannes. Einer dieser anonymen Säle, in dem keiner anonym ist und es daher jeder wird. Sie will mich sprechen. Wir kennen uns schon ein wenig. Wir haben Blicke getauscht. Vielleicht sogar ein Telefonat geführt, für das man einen Grund erfinden musste und dann nicht einmal so getan hat, als würde man an ihn glauben. Sie trägt ein schwarzes Kleid mit langem Seitenschlitz. Eine gut gemachte Fönfrisur. Zurückhaltendes Make-up. Sie ist nicht wirklich sexy, aber gutaussehend, elegant, sie sieht aus wie die Frauen, die man mir zu Hause beigebracht hat zu mögen. Ein gutes Mädchen. Ein nettes sogar. Intelligent und nett. Ich habe keine Gebrauchsanweisung. Sie nimmt ein Glas. Sie blickt mich mit ihren blauen Augen an. Sie sagt mir, dass sie mich liebt. Einfach so, bedingungslos. Dass sie weiß, wie lächerlich das Ganze ist. Dass sie verheiratet ist. Und ich auch. Aber dass sie es jetzt sagen musste. Dass das, was sie fühlt, viel zu rein ist, um von Verführungskünsten Gebrauch zu machen. Sie liebt mich viel zu sehr, um auf die übliche Weise vorzugehen. Sagt sie. Sie sagt alles. Ich weiß, dass sie nicht den Rolling Stone in mir liebt, ich weiß, dass sie mich um meinetwillen liebt. Dass sie mich am liebsten in eine Welt entführen würde, wo es nur uns beide gäbe. Sie braucht es mir nicht einmal zu erklären. Ihre Gesten sind rein und ihre Blicke offen, und sollte ich diese Frau enttäuschen, müsste ich mich, mein wahres Ich, sehr in Frage stellen.

Das ist nicht irgendwas. Sie ist nicht nur eine Frau unter vielen. Sie ist eine Frau, die viele Männer gern lieben würden und nicht wagen, sich auch nur vorzustellen, sie könnte ihre Avancen erwidern. Sie ist eine besondere Frau. Und einen Augenblick später ist sie ein Niemand. Als ob sie sich wahlweise ausblenden könnte. Sie steht neben sich, ein wenig wie ich. Sie leidet an allem und amüsiert sich zugleich über alles, wie ich. Vielleicht ist sie sogar ich. Vielleicht ist es das, was mich ausmacht, das zu mir kommt und geliebt werden will.

Wenn sie da ist, stelle ich mir keine Fragen, es gibt keinen anderen Menschen auf der Welt, mit dem ich lieber zusammen wäre. Aber schon entferne ich mich, und so ist es nun einmal, dass ich Frauen dann am meisten liebe, wenn sie sich mir entziehen.

Ich vergesse, mich auf dem Klo vollzudröhnen. Wir gehen mit einem ganzen Pulk Leute in ein Nachtlokal. Und ich bringe es nicht über mich, sie mit ihrer Liebe allein zu lassen. Ich nehme sie mit zu mir, mehr ihre Liebe als sie selbst. Ihre reine Liebe, ihre mütterliche Liebe.

Sie hat Dinge in mir gesehen, die ich schon vergessen hatte. Wir reden, und ich bin sechzehn. Ich liebe uns so sehr, dass ich uns zu Freunden aus Kindertagen erkläre.

Und die Nacht wird langsam zum Tag. Wir können nichts dafür. Und ich gehe mit ihr bis zum Hotel. Zu demselben Hotel. Wir versuchen es im Casino. Ist nicht drin mit ihrem Gesicht. Wir gehen noch ein Stück, ich rauche Zigaretten. Der Tag bricht an, Aschenbrödel.

Unsere Zimmer sind durch eine Mauer getrennt. Es gibt Hunderte von Zimmern in diesem Hotel, aber unsere sind durch zwei Ziffern getrennt. Sie zieht sich um, klopft an meine Tür. Sie sieht noch jünger aus als gerade eben, aber immer noch rebellisch. Verliebt. Selbstsicher. Sie macht mir Angst. Sie schmeichelt mir, und ich trinke Champagner, um etwas im Magen zu haben.

Sie will gleich aufbrechen, und ich stelle mir ihre Tränen vor, wenn sie dann allein in ihrem Zimmer, dunkler als die Nacht, sitzt. Die Sonne kommt allmählich schüchtern hervor. Allein mit ihren Tränen, die man wohl oder übel fließen sehen wird.

So, jetzt hat sie alles gesagt. Und ich werde jetzt gehen. Ich biete ihr meine Arme an, für den Rest der Nacht, nur meine Arme.

Ich, Keith Richards, bin gerührt von dieser Frau. Ich liebe eine andere, aber sie ist wie ein Umweg über eine kleine Straße, auf der man stehen bleibt, um einen Moment lang eine verborgene Landschaft zu betrachten.

Sie liegt in meinen Armen, und ich habe Lust auf ihren Mund. Aber nicht heute Nacht. Ich habe Lust auf einen Kuss, wie ich auf eine Auszeit Lust habe. Ich will ihr nichts versprechen, sie aber auch nicht kränken. Was ist kränkender für eine Frau? Wenn sie denken müsste, sie sei nicht begehrenswert oder wenn man sie nach einer innigen Umarmung nicht mehr wiedersieht?

Ich habe zu einem Kuss angesetzt. Sie ist weggelaufen,

vielleicht habe ich sie auch vertrieben. Diese Nacht bin ich geliebt worden. Und ich habe meinen Weg wieder aufgenommen, mit meinem herumirrenden Herzen. Ich kann mich nicht durchringen, es dieser Frau zu geben. Nicht jetzt. Ich werde sie anrufen, wenn ich erwachsen bin. Wenn ich mich bloß an ihren Namen erinnern könnte.

Jack. Hells Angel. War in Altamont dabei. Augenzeugenbericht im Internet.

»Es hat echt genervt, wie die Leute ständig um mein Motorrad herumgeschwirrt sind. Ich hätte also nur Bier saufen sollen und die Typen mein Bike begrapschen lassen? Das ist doch kein Job, so was. Und auch noch ein Job, den wir umsonst gemacht haben, nur mal zur Erinnerung. Wir kommen also dahin. Cool und alles. Und bescheuert, o ja! Wir stehen auf Ordnung, wir stehen auf Gerechtigkeit, die Mopeds poliert, schön eins neben dem anderen. Wenn jemand an mein Moped packt, das kann ich ja echt leiden. Vergiss es. Nur damit dieses Arschloch von Mick Jagger ans Singen kommt und mit dem Arsch wackeln kann wie eine Braut. Hat mich ständig angestarrt, der Typ. Es gab da einen verdammt riesigen Haufen von Tausenden von Leuten, und der Typ glotzt nur mich an. Und dann, als die Leute unsere Mopeds angefasst haben, haben wir sie bluten lassen. Wir sind die Hells Angels und keine blondgelockten verkommenen Engel, die Rockmusik machen, um sich ihre Ärsche von Männern knallen zu lassen. Da gab's Typen auf Drogen, die auf kleine Hügel liefen und jeden ansprangen, der vorbeikam, und auf einen Hells Angel zu springen heißt, auf eine Bombe zu springen. Und was den Schwarzen angeht, der den schwuchteligen Sänger umbringen wollte, wir hätten das die beiden unter sich ausmachen lassen sollen, aber wir waren für die Sicherheit zuständig, also haben wir den Job gemacht. Macht das aus uns gleich Rassisten? Ich glaube nicht.«

Radiointerview, London.

Moderator: Glauben Sie, dass Sie etwas der Welt zurücklassen werden? Ich meine etwas Wichtiges, etwas, das der Mühe wert war?

Keith Richards: Ja, Kinder.

Moderator: Und Ihre Musik?

Keith Richards: Ich habe nur etwas aufgeschnappt, was in der Luft lag. Wenn ich es nicht gemacht hätte ... wäre es mein Nachbar gewesen. Oder vielleicht nicht gerade mein Nachbar, weil das ein dicker Russe ist, der keine Ahnung von Musik hat, aber sicher ein anderer als ich ... Sie vielleicht?

Moderator: Das hätte mir gefallen ... Heißt das, Sie glauben nicht an all die unbewussten Gründe, die bewirken, dass ein Künstler komponiert?

Keith Richards: Ich denke, man hat diese Gründe erfunden, weil es Angst macht ... sich einzugestehen, dass da etwas Größeres ist als wir, dass dieses Etwas Melodien, Bilder und Texte mit sich herumschleppt ... Und dass einige von uns in der Lage sind, sie aufzuschnappen.

Moderator: Soll das heißen, Sie glauben an Gott?

Keith Richards: Unter der Bedingung, dass es nicht derselbe ist, der den Spice Girls ihre Lieder eingibt.

Moderator: Woran glauben Sie, Keith Richards?

Keith Richards: Ich glaube an den Blues. Ich glaube an den Blues und an den Rock and Roll.

21. April 1963. Die Beatles kommen ins Crawdaddy, mit ihren langen schwarzen Ledermänteln, um uns zu sehen. Sie sind schon die Beatles. Wir sind nur eine dieser obskuren Bands, von denen es so viele gibt. Giorgio Gromelsky, der Betreiber des Clubs, hat beschlossen, unser Manager zu werden, und hat sie überzeugt, wir seien mehr. Und da sitzen nun die Beatles auf ihren Hintern vor meiner Gitarre. Mick bleibt cool und schaut Paul McCartney mit der gleichen zweideutigen Frechheit in die Augen, mit der gleichen provokanten Haltung, dem gleichen wippenden Hüftschwung, den er für jeden beliebigen Typen parat hat. Oder auch für jede beliebige Frau. Mick verführt ohne Ansehen der Person. Zu jener Zeit kontrolliert Mick noch nicht, was er ist. Er »sieht« sich noch nicht. Er hat dieses Animalische an sich, das im Moment größer ist als er. Ein Weißer mit einer schwarzen Stimme, geschürzten Lippen und einem muskulösen Arsch. Ein androgynes Monster an Sexappeal. Aber die verflixten Beatles sind anormal heterosexuell. Nicht dass ich besonders auf Typen stünde. Aber ich mag es, wenn alles möglich ist. Ein bisschen zu adrett mit ihrer gefälligen Musik. Mit ihren melodischen Melodien. Ihren glücklichen Lächeln. Ihren gebügelten

Anzügen. Zu gut für uns. Was wird von uns übrig bleiben? Die Attitüde? Diese Arschlöcher werden alles hinterlassen. Es sind Genies. Aber wir haben vor nichts Angst, noch nicht einmal davor, etwas Geniales zu erschaffen, was am Anfang noch nicht da war.

An jenem Abend bluffen wir sie. Und als wir sie auf einen Drink in unser dreckiges Appartement in der Edith Grove einladen, wo vor allem guter Stoff auf uns wartet, kommen die kleinen Jungs aus Liverpool tatsächlich mit.

Erst jetzt wird mir so richtig bewusst, was in diesem Zimmer an jenem Tag abging. Die Beatles und die Stones, mit Gitarren in den Händen, sich mischende Stimmen, Hände, die auf den Schenkeln den Takt schlagen. Wir spielen die Standardstücke des Blues. Nur ein paar Typen, die gern Musik machen und die das fühlen, was man fühlt, wenn man verliebt ist, die fühlen, dass sie Power haben und dass sie die Geschichte des Rock schreiben werden.

Mick redet über Eric Clapton, den jungen Gitarristen, der ihm imponiert. Man holt die Mundharmonikas raus, man lacht. Man trinkt und besäuft sich. Es gibt keine Frauen. Darum geht es nicht. Es geht um Musikgeschichte, die mit uns geschrieben wird.

Auch das ist mein Leben. Zu einem großen Teil sogar. Die Aufnahmebänder, für die man Stunden braucht, um sie in viel zu kalten Studios auf die Reihe zu kriegen. Die Zigaretten, die man mit den Tontechnikern dreht. Die Details, die es zu finden gilt, bevor aus einem Song ein Hit wird. Die Zeit. Stunden des Wartens in schallgedämpften Räumen mit orangefarbenen Teppichböden. Die spitzen Hemdkragen von Charlie Watts. Seine Hände, immer in

Bewegung. Die Schlagzeugstöcke, die in seinen Händen herumwirbeln, und sein Gesicht, in dem Maße gelassen, wie seine Hände rastlos und präzise zugleich sind. Mick Taylor beobachten und mit ihm zusammen verstehen, wie man ein Stück völlig verändert. Mick Taylor, der lächelnde Schatten von Mick Jagger. Und Bill Wyman mit dem Gesichtsausdruck eines intelligenten Raben. Auch das ist mein Leben. Wir alle in einem Raum. Aufkommende Fragen. Die Musik, die wir eben eingespielt haben und die wir wieder und immer wieder laufen lassen, und unsere Gesichter, die zweifeln, überlegen, manchmal eine Lösung finden. Konzerte. Roadies beim Aufbau. Die immer wieder anderen Bühnenbedingungen. Die Straße, die an dem Bus vorbeizieht. Unsere nackten Oberkörper. Mick mit seinem Kreuz unter dem T-Shirt. Die wartenden weiblichen Fans, viel zu aufgedonnert. Alles das für die Musik, für den besonderen Moment in der Musik, der vielleicht nie kommt, wie stundenlanges Onanieren ohne Höhepunkt. Grauenhaftes Catering. Große leere Säle mit ihrer fahlen Beleuchtung. Mit unseren Gesichtern bedruckte T-Shirts, die uns auf den Parkplätzen entgegenkommen. Da sind auch unsere Kinder mit langen Haaren in den Kabrios. Unsere Frauen, unsere Gitarren. Frühlinge fern des Londoner Nebels und Momentaufnahmen aus unserem Leben, ohne Drogen, ohne Musik. Herumalbernde Freunde. Die Tochter, die in deinem Arm einschläft. Deine kranke Mutter. Ein Kumpel, der eine Trennung durchmacht. Momente im Leben, wie du sie auch kennst.

Gleich gehe ich auf die Bühne. In den Schlachthöfen von La Villette.

Ich flachse mit Ron Wood herum, den ich am Kragen festhalten muss, so fertig ist er. Ich erkläre ihm, was das mit den Schlachthöfen auf sich hat, und frage ihn, wer von uns in Form von kaltem Fleisch mit den Füßen nach vorn herausgetragen wird. Wir tippen auf Mick, der sich in Bezug auf Drogen etwas beruhigt hat. Sein Körper wird sich bestimmt dagegen auflehnen. Wir müssen lachen, wenn wir uns vorstellen, wie er mitten im Lied auf einem Wort stecken bleibt und das Mikro mit seinem großen obszönen Mund verschluckt.

»Er wollte schon immer die Legende der Band sein. Es sind die Legenden, die zuerst sterben. Jungs wie wir überleben und lassen sich für Werbung bezahlen!«

»Um die dritten Zähne zu finanzieren …«

»Oder Handtaschen. Was meinst du, werde ich damit ein hübsches Mädchen abgeben?«

Ich befestige die Schulterriemen an der Gitarre.

Es wird geklatscht. Es wird gejubelt. Wir betreten die Kampfarena und spielen zunächst wie große Kinder gut versteckt hinter den Vorhängen.

Das ist für euch.

Sie können es nicht abwarten heute Abend. Im Saal steigt die Spannung. In einigen Augenblicken werden wir so tun, als wären wir Rocker. Bestimmtes Gebaren annehmen, Blicke werfen. Manchmal kommt es übertrieben, und ich breche in lautes Lachen aus. Das alles ist ganz schön lächerlich, Keith … aber es ist mein Leben.

Als ich schon auf die Bühne stürmen will, hält man mich zurück. Damit es im Saal nicht zu unruhig wird, wird ein Lied abgespielt. Zwei Roadies fangen mich ab. Der Produzent erwartet mich hinter der Bühne. Er sagt mir, dass mein zwei Monate alter Sohn tot sei und dass er das Konzert absagen könne. Man erwarte mich in der Schweiz.

»Aber wieso? Wie ist das möglich?«

»Plötzlicher Kindstod. Anita fand ihn erstickt in seiner Wiege. Es tut mir so leid, Keith.«

Aber ich spiele, ich spiele gegen sein Lachen an, das ich nie hören werde. Ich spiele, wie ich noch nie gespielt habe. Wenn ich an jenem Abend nicht auf die Bühne gegangen wäre, hätte ich nie wieder eine Gitarre angerührt.

Ich verlasse das Konzert, schweißgebadet. Man verfrachtet mich in ein Auto. Ich ziehe mich unterwegs um. Durch die Nacht in die Schweiz. Ich komme in Genf im Morgengrauen an. Die Polizei wartet vor dem Haus und die Fotografen sind auch schon da, wie die Geier. Rund ums Haus.

Tara ist tot. Er liegt in seiner Wiege wie in einer spitzenbesetzten Gruft. Seine Mutter sitzt auf dem Boden, gegen das Bett gelehnt und weint. Ihre Wimperntusche ist im Gesicht verschmiert. Sieht aus wie schwarze Tränen. Sieht aus wie blutverschmiert. Erst jetzt, wo ich an seiner Wiege stehe und den Körper des verstorbenen Kindes sehe, begreife ich vollends, dass es geboren wurde. Ich hatte es noch nicht bis in die letzte Faser verstanden. Ich hatte gedacht, »ich habe noch Zeit, ihn zu einem Teil von mir werden zu lassen«. Ich hatte mir vorgestellt, dass er mich verführen würde, dass er auf mich zugehen würde. Wie alle anderen auch. Und was ich nun in diesem kleinen neuen Körper, der dennoch vergehen wird, der bereits jetzt vergeht, sehe, ist das, was ich niemals sein werde.

Im Tod der anderen habe ich immer auch das Ende bestimmter Wege in meinem Leben gesehen. Je länger und intensiver die Wege zu sein versprachen, desto mehr haben mich die Todesfälle geschmerzt. Hier bin ich es, den ich begrabe. Nicht die Hälfte von mir. Mein ganzes Ich, ein Keith, den ein kleiner Junge verstrubbelt und umarmt hätte. Ein erlöster Keith. Mit einer Gitarre, die Wiegenlieder gespielt hätte. O mein Gott! Wie groß wird sein Sarg sein?

Seine Mutter zerfließt.

Ich habe nicht eine tröstliche Geste für sie.

Ich würde gern.

Nicht eine.

Es ist unsere Liebe, die stirbt. Die zusammen mit seinem Körper endet. »So sieht's aus«, sagt Tara zu uns. »Von eurer Liebe wird bald nur noch ein Skelett übrig sein. Wie ihr, meine lieben, mit Drogen vollgepumpten Eltern, sinnentleert und fleischlos. Wie ihr.«

Ich ertrage es nicht zu stehen. Oder zu sitzen. Ich möchte mich am liebsten aus dem Leben stehlen. Ich bin es, der seiner Mutter die Linie Heroin legt, so wie man einem leidenden Tier, das man liebt, den Rest gibt. Sie hat kaum die Kraft, es zu inhalieren. Tränen mischen sich in meine Linien. Der Stoff klebt an meinen Nasenwänden. Er bleibt stecken, wie der Kloß in meinem Hals, wie das Kind, zwischen Anfang und Ende seines Lebens.

Tara ist tot. Aber der Morgen, er bricht an, unbeschwert. Und die Sonne wird nicht das Feingefühl besitzen, sich einige Tage lang zu verdunkeln, weniger heiß zu sein. Und die Verliebten werden sich weiter in den Armen liegen.

Und Frauen werden weiter gebären. Und andere werden Sex haben. Und andere Körper als den winzigen Körper von Tara beweinen.

Ja, Anita. Ja, es ist grausam. Als ich das Haus verlasse, hätte ich dich gern mit mir in den Abendwind, der mir zu atmen hilft, hinausgenommen. Ich würde gern mit dir zusammen sein, aber weißt du, das mit uns, das ist vorbei, es ist jetzt eine Babyleiche. Und dein Schmerz nimmt meinen nicht weg, wir wissen es beide. Ich kann ihn nicht auf mich nehmen, deinen Schmerz.

Ich gehe an diesem Abend weg, ich gehe weg wie Tara. Ich tue nur so, als wäre ich da. Ich tue so, als würde ich lachen, mich berauschen, mit schönen Frauen schlafen. Aber nicht schlimm, nein, ich bin froh, mit Tara zu gehen, und ich werde nicht wiederkommen. Ich kann nicht. Ich bin mit Tara gestorben.

Und trotzdem war ich acht Jahre alt, eines Tages. Viertel vor acht Jahre alt. Schon besser als siebeneinhalb. Ich habe einen Schatz im Garten vergraben.

Da drin liegen Musiknoten, die mein Opa selbst gemalt hat, er hat mir gesagt, dass ich sie einmal würde spielen können.

Da drin liegt nichts, was man essen kann. Ich rechne nicht damit, es innerhalb der nächsten Jahre aufzumachen. Da drin – wenn ich da drin sage, meine ich die große Blechdose, in der einmal Kekse waren und die durch eine glückliche Schicksalswendung zu einer Schatzkiste wurde –, da drin also liegt auch der schimmernde Haarkamm meiner Mama … Sie wird traurig sein, ihn verloren zu haben, aber ich weiß, dass ich ihn eines Tages mit viel Rührung ausgraben werde. Und ich, so klein wie ich bin, denke bei mir, dass das Einzige, was Bedeutung hat, Gefühle sind. Sogar Traurigkeit ist besser als Langeweile. Mein Freund Teddy lebt vor allem dafür, nichts zu empfinden. Er isst, bevor er Hunger hat, und er isst sogar Dinge, die ihm keinen Spaß machen, um nichts zu empfinden. Er will mein Freund sein und nichts tun, er will, dass wir fernsehen, ohne uns viel zu unterhalten, damit wir nicht in Gefahr geraten, unterschiedlicher Meinung zu sein. Ich bin folglich der ideale Kumpel, der Schutzschirm für alle Gefühle, die an ihn herankommen könnten, und ich nehme die volle Breitseite auf mich, so wie man sich in eine Welle wirft und sie bricht, bevor sie das Kind, das hinter einem steht, umwerfen kann. Wenn man ihn als dick beschimpft, bin ich es, dem es weh tut und der sich deswegen schlägt. Ich bin es, der ein Veilchen hat, wenn wir vor dem Fernseher sitzen und wortlos Chips in uns hineinschieben.

In der Dose ist ein Bilboquet-Spiel, weil es irgendwie wertvoll ist, aber auch, weil es mich ärgert. Wenn ich die Kugel fange, ärgert es mich. Wenn ich sie nicht fange, ärgert es mich auch. Eine Lupe gehört zu meinen Schätzen und ein Mädchen auf einem Bild. Es ist ein Mädchen aus einer Zeitschrift, das vor einem Regenbogen posiert, das Regenbogenmädchen. Eines Tages werde ich einen Song für sie schreiben. Ich weiß, dass die Schätze nicht unter dem Regenbogen liegen. Der Schatz ist im Garten nebenan. Man muss einen guten Platz finden, unter dem Zaun oder irgendwo, wo der Hund ihn nicht ausgraben kann. In die Schatzkiste habe ich einen kurzen Brief an mich hineingetan, an den, der ich in zwanzig Jahren sein werde. Ich habe den Eindruck, dass ich mich schon jetzt kenne. Ich hoffe, dass wir uns mögen werden. Ich habe den Brief in eine Flasche gesteckt. Man wird sie zerbrechen müssen. Man kann nicht an seine Kindheit rühren, ohne etwas kaputt zu machen.

Ich habe ein Papierschiffchen hineingetan, um mich an mein Versprechen zu erinnern, eines Tages eins zu besteigen, das mich weit weg von hier bringen würde. Ich habe meine Mütze hineingelegt, weil ich sie nicht mehr tragen will. Ich sehe bescheuert darin aus.

London, die schönste Nacht meines Lebens
eines wundervollen Jahres …

Liebste Anita,

du schläfst noch an meiner Seite. Ich habe dich mit Zärtlichkeiten überhäuft, auch wenn es mir nicht gelungen ist, dich genug zu lieben. Dein Körper sieht für mich schon verändert aus, so wie es meinem Herzen erging, als du mir gesagt hast, ich würde Papa werden. Liebste Anita, du machst uns von unseren Sünden rein.

Ich kann es nicht erwarten, sein Gesicht kennen zu lernen. Hauptsache, es ist deins, Hauptsache, es ist meins.

Anita, Anita, du machst dich unter der Decke breit. Du nimmst den ganzen Platz weg, du schiebst mich aus dem Bett. Dabei hattest du dich früher immer zusammengerollt. Es ist, als wärst du schon zwei. Als würdest du Vertrauen zu dir selbst gewinnen. Ich bin so glücklich, das geschafft zu haben, dass du dich veränderst. Ich bin dein Vater, dein Geliebter, ich bin auch dein Kind. Zumindest die Hälfte von ihm. Und du, du bist auf einmal alle Frauen für mich.

Anita, mein blonder Engel, der du nie erwachsen sein wirst, ich liebe dich.

Keith

Ich weiß, dass sie diesen Brief wieder und immer wieder liest. Ich habe ihn ganz verknittert in ihrem abgegriffenen Lederkalender gefunden, in den sie ihre läppischen Termine einträgt. Er ist eine Million Jahre alt, aber das ist ihr egal. Anita lächelt Patti an, als wäre alles in Ordnung. Sie liebt mich so sehr, dass sie es nicht riskieren kann, mich zu verlieren. Sie will mich um sich haben, will, dass ich da bin. Wir haben Hunderte von Heroindosen miteinander geteilt und fast genauso viele Leben. Wir haben drei Kinder gezeugt, und eines ist schon mal vorgegangen. Anita bleibt für immer meine Frau.

Aber, wie es halt so kommt, ich habe eine zweite Anita kennen gelernt, nur jünger, und habe sie geheiratet. Es ist grausam. Ich bin gealtert, aber immer mehr Keith Richards geworden, aber die Frauen meiner jungen Jahre sind nur immer älter geworden. Es war im Studio 54 in New York. Patti Hansen ist ein Topmodel, ich bin ein Rolling Stone. Die Dinge kommen, wie sie kommen müssen. Man ist kein Rockstar, wenn man nicht akzeptiert, auch dessen Karikatur zu sein. Patti hat mir zwei Mädchen geboren, die Models geworden sind, so wie es sich für Mädchen gehört, die von Interesse sind. Wenn die Wissenschaftlerinnen des Nationalen Forschungszentrums CNRS gut im Bett wären und hübsche Bräute abgäben, hätte es sich rumgesprochen. Ein richtiges Mädchen muss groß, blond und heiß sein.

Ich weiß nicht, wie es ist, meine Tochter zu sein. Ich kann mir vorstellen, dass beim Therapeuten der Ödipus lang und breit zur Sprache kommt. Meine Töchter sind geradezu unglaublich normal. Wenn du einen Vater hast, der sich ständig die Nase zuballert, sieht deine Pubertätskrise so aus, dass du anfängst Biogemüse zu mampfen. Und dennoch bin ich auch ein Vater. Ich habe mir Schulfeierlichkeiten reingezogen, und die Mütter von Klassenkameradinnen. Und ich habe ihnen geholfen, ihre Hausaufgaben zu machen, mindestens einmal, nach einer Tournee. Ich liebe es, sie auf den Konzerten hinter der Bühne zu sehen. Ich bin stolz auf sie. Sie setzen sich zum Tontechniker, oft mit etwas Buntem an sich, damit ich sie erkennen und für sie spielen kann. Und dann sind da noch die beiden Großen, die Hälften von Anita, die ich weniger unbeschwert liebe und mehr aus der Ferne. Für sie alle spiele ich. Ich wüsste nicht mehr, wofür sonst. Warum ich immer noch spiele? Immer noch gegen das Lachen? Ist die Wut immer noch in mir drin?

Augustus sagte zu mir: »Weißt du, Keith, das Schöne an Musik ist, dass sie dich erst dann überraschen kann, wenn du sie wirklich gut kennst. Es hört sich komisch an, aber es ist wahr. Genauso ist es mit der Frau, die man liebt. Das macht glückliche Paare aus. Irgendwann kommt einmal der Moment, wo man es satt hat, immer neben dem gleichen Gesicht aufzuwachen. Der Moment, in dem man seine Frau verlassen möchte. Dasselbe wirst du auch mit der Musik erleben. Der Eindruck, sich im Kreis zu drehen. So viele Noten gibt es doch gar nicht, wirst du dir sagen. Alles ist schon mal da gewesen. Du wirst dich vielleicht langweilen, aber lass nicht locker. Setz dich ans Klavier, nimm deine Gitarre. Nimm das Instrument, das du dir ausgesucht haben wirst, und spiele. Spiele. Eines Tages wird es das Instrument sein, das mit dir spielt. Mozart war ein Genie, gerade weil er so kindlich war. Er hatte es zugelassen, dass die Musik stärker war als er selbst. Er hatte sie ohne viel Gegrübel sprechen lassen. Die Musik flitzte wie ein kleines Tier zwischen seinen Fingern, und doch konnte er sie einfangen. Wenn du das erlebst, Keith, dann besitzt du das Glück.«

Und ich kratze immer noch auf den Saiten meiner Gitarren, so wie man immer noch mit derselben Frau schläft, aufgewühlt und überrascht, mehr als es mit einem neuen Körper möglich wäre.

Ich warte auf Mick und seine große Schlampe von Frau, um mit ihnen ein gutbürgerliches Diner einzunehmen. Ein Typ von der *Times* wird einen langen Artikel über uns schreiben, wie wir hier in dem neuen Hotel am Tisch eines französischen Meisterkochs sitzen. Mick hat sich verspätet. Ich auch. Aber er achtet darauf, immer ein bisschen später zu kommen als ich. Er ist der Sänger. Sein Auftritt muss bemerkt werden. Während ich mich langweile, ist meine Frau in die Waschräume gegangen, um sich die Nase zu pudern. Nicht mehr lange, und ich werde ihrem Beispiel folgen.

Wenn ich in den Restaurants all die Glatzköpfe meines Alters mit ihren Brillen auf den großen Nasen sehe, mit ihren Bandscheibenvorfällen und Erinnerungen an ihre Tennispartien, dann bin ich froh, Heroin genommen zu haben. Wahrscheinlich hat es mich konserviert, wie einen Frosch in Formalin. Frauen glauben immer, es bestünde noch die Chance, dass ich mich in einen Märchenprinzen verwandele.

Bis auf Woody Allen entschuldige ich keinen alten Glatzkopf mit Brille. Und ihn entschuldige ich nicht wegen seines Talents, sondern dafür, dass er seine asiatische

Adoptivtochter geheiratet hat, was für mich einer Rolling Stones-Attitüde gleichkommt. Nein, ich entschuldige keine alten Glatzköpfe mit Brille mit dem Argument, sie seien Intellektuelle. Diejenigen, die in die gleichen Lokale gehen wie ich, sind zu allem Überfluss Intellektuelle.

Einmal bin ich zu einem Psychoanalytiker gegangen. Ich habe gehofft, er könne mir helfen, eine vergessene Melodie wiederzufinden. Er hat mir bloß geholfen, mein Lächeln wiederzufinden. Verfluchter Mist! Was sind das bloß für langweilige Scheißleben! Alle außer dem eines Rockstars sind langweilige Scheißleben.

Sogar abseits der Bühne müsste man immer volle Kanne auf Drogen sein. An diesem Abend haben wir über Politik geredet, und wir haben gelacht, und unsere Frauen haben einander Wangenküsschen gegeben. Wir haben über die nächste Tournee wie über einen armseligen Staubsaugervertreter-Geschäftsabschluss gesprochen. Ich hasse mich, wenn ich normal bin.

Mein Vater ist gestorben. Ich habe mitten in der Nacht einen Anruf bekommen. Ich habe nicht geweint, aber ich fühlte mich, als läge auch ich im Sterben. »Das nächste Mal bist du an der Reihe«, habe ich mir gesagt …

»Er ist tot«, habe ich zu meiner Frau gesagt.

»Wer? Mick? Mick ist tot?«

»Nein. Mein Vater. Mein Vater ist tot.«

Und wenn man seinen Körper ankleidet und dieser Körper eine Waise ist, dann wiegt er Tonnen, und die Sachen scheinen zu klein und gleichzeitig zu schwer zu sein.

»Wo willst du denn um diese Uhrzeit hin?«

»Nach Dartford. Wohin soll ich deiner Meinung nach gehen?«

»Vor morgen früh wird sich da gar nichts abspielen, Keith.«

Nein.

Das ist wahr.

Im Übrigen wird sich nie wieder etwas abspielen.

Wir werden alle bis zu dem Morgen warten, an dem wir sterben werden. Wir werden nicht mehr irgendwohin fahren, um die anderen sterben zu sehen. Wir bleiben im Bett liegen. So ist das.

Ich esse die ganze Zeit, ich habe aufgehört, mich zu waschen. Man sagt, bei Elvis hat es auch so angefangen. Nur dass ich nie weiße Paillettenanzüge tragen werde, in die man nur mit einem Schuhanzieher reinkommt.

Seit einer ganzen Reihe von Tagen wasche ich mich nicht mehr. Bestimmt stinke ich. Ich habe eine verfluchte Angina, mein Geruchssinn hat sich verabschiedet, und ich habe einen metallischen Geschmack im Mund. Der Arzt will, dass ich keine Eier mehr esse, er sagt, ich hätte einen zu hohen Cholesterinspiegel. Ich habe ihm geantwortet, dass ich seit vierzig Jahren Heroin nehme und wüsste nicht, warum ich ausgerechnet keine Eier mehr essen sollte. »Weil Sie sterben werden«, hat er gesagt. Daraufhin bin ich gegangen, ohne ein Wort. Im Treppenhaus habe ich mich hingesetzt und geheult wie ein Kind. Seitdem, keine Duschen mehr, keine Gitarre, ich tue nichts als essen.

Gestern:

Butter.

Brot.

Schinken mit Speck.

Cracker.

Gewürzgurken.

Ekelhaftes Eis mit Kaugummi-Geschmack. Noch eins.

Saft.

Hustenpastillen.

Kaltes Hähnchen.

Ich bestelle chinesisches Essen (einmal die 13, zweimal die 16 und einmal die 24 ohne Soße). Ich übergebe mich. Es ist wegen der Angina.

Aprikosen. Drei.

Lebkuchen.

Ich will nicht noch einmal in die Schweiz, ich will mein Blut nicht behandeln lassen. Ich halte es nicht mehr aus, diese Art von Vampir zu sein. Da unten riecht es nach Krankenhaus. Dann kann ich genauso gut gleich sterben. Ich werde nicht mehr in die Schweiz zurückkehren, wo Tara gestorben ist.

Mein Vater ist direkt vor seinem Haus hopsgegangen. Auf der Straße. Er kam aus einem Pub. Noch nicht einmal betrunken. Wenn er nicht gehbehindert gewesen wäre, wäre er vielleicht in seinem Bett gestorben. Er war wirklich nur einen Katzensprung entfernt. Ich musste nach Dartford zurück.

Und ich habe Dartford tatsächlich wiedererkannt. Zuerst traute ich mich nicht aus dem Auto, und doch habe ich da wirklich gelebt. Man erkennt es besser, wenn man lange Zeit nicht mehr da war, aber man muss einmal wiedergekommen sein. Ich habe die Bäume angelächelt. Ich war glücklich, wieder da zu sein.

Ich ging an dem Nachbargärtchen vorbei. Ich habe nicht nach meinem Schatz gegraben. Ich weiß nicht, ob Mama immer noch irgendwo nach ihrem Kamm sucht. Ich kann immer noch keine Noten lesen. Vielleicht waren die von Augustus magisch? Vielleicht war es das Lied, nach dem ich noch gesucht habe? Und das Papierschiffchen ... Ja, ich hab ne Menge Schiffe bestiegen. Die mich in Wirklichkeit nie sehr weit weg gebracht haben. Es war bloß, dass ich an diesem Tag nicht den Mut hatte, irgendetwas aus der Erde auszugraben. An dem Tag, an dem mein Vater im Krematorium der Nachbarstadt in Asche verwandelt wurde, an dem Tag ließ ich zusammen mit ihm meinen Schatz aus Kindertagen sterben. Und das Regenbogen-Mädchen, das habe ich in ein Lied gepackt.

Es ist dieses Lied, das ich auf dem Weg nach London im Wagen summe, um nicht heulen zu müssen. Ich habe meinen Vater auf den Knien, in einem Pappkarton. Ich muss noch eine Urne kaufen. Es ist Sonntag. Ich begegne einer betrunkenen Frau, die etwas zu suchen scheint. Ihre langen blonden Haare erinnern mich an Anita, und sie selbst hat etwas von mir an sich, ja, wie seltsam, etwas von mir in ihrem Gesicht.

Ich gehe heim. Meine Frau hat mir ein Essen machen lassen. Sie raucht eine Zigarette. Sie sieht mich wortlos an. Also sage auch ich nichts. Ich denke an meinen Papa, ich denke an meinen Schatz, ich denke an meinen Sandkasten, an Cholesterin und mein altes Blut. Mein Arzt ist auch gestorben. Zehn Tage später. Alles verfällt. Und ich, ich lasse mir ein Schaumbad ein. Der Junge, der sein Leben mit mir teilt, flüstert mir zu, dass ich ihm fehle, und ich antworte ihm ein automatisches »du mir auch«. Niemand fehlt mir, außer dem Mädchen, das ich einmal war, das ich in mir nicht mehr finde. Ich möchte wieder naiv sein. Ich möchte verletzlich sein. Nicht die Hülle einer betäubten Frau, ein Wesen, das überlebt. Ich habe nichts mehr, was ich noch verlieren könnte. Nichts Wertvolles außer dem Leben meiner Kinder. Und die abgetrennte Liebe, die sie gezeugt hat, entzieht mir deren Gesellschaft in regelmäßigen Abständen. Ich versuche, nicht zu klammern, sie fern von mir existieren zu lassen, um ihrer selbstwillen. Ich lasse sie Zeit gewinnen. Sie müssen lernen, die vergehende Zeit zu lieben, wenn sie allein sind.

Nein, wir werden keine verdammten Tänzerinnen auf die Bühne lassen, Mick. Das sind nicht wir. Es wird keine Paillettenkostüme geben und keine verdammten Tänzerinnen. Wenn diese Schlampen auf die Bühne kommen, spiele ich nicht, hast du mich verstanden?«

»Und die Elefanten? Was hast du gegen die Elefanten? Das wäre ein Kracher gewesen!«

»Elefanten? Mit Lederjacken, Mick? Wir machen Rockmusik und keinen Zirkus!«

»Es ist ein Stadion und keiner von deinen verwichsten Londoner Clubs. Ein verfluchtes Stadion. Wir brauchen eine Show.«

»Dann brauchst du ja eventuell auch keinen Typen, der Gitarre spielt, oder?«

»Warum machst du so eine Welle, Keith? Hast du Schiss, oder was?«

»Schiss wovor, Mick? Keinen Spaß mehr zu haben, mit dir zu spielen?«

»Hast du Schiss, kein Star mehr zu sein? Im Übrigen, der Star, das bin ich, Keith. Die Leute kommen, um mich zu sehen. Ich bin Mozart, du bist der andere … Mir fällt sein Name nicht ein.«

»Salieri. Ich für meinen Teil kann mir Namen gut merken. Und man wird sich auch meinen merken und sich an die Lieder erinnern, die ich komponiert habe. Du bist nur ein Hampelmann. Ein Marketing-Genie in knallengen Hosen. Was macht dich zu einem Künstler? Deine geschminkten Augen? Kannst du Blues singen, Mick?«

Wir haben es genossen, uns eins auf die Schnauze zu geben. Es hat uns richtig gutgetan. Er war knochig, dieser Penner. Meine Faust tat weh, aber ich habe ihm hübsch seine geschminkte Fresse poliert. Seit dem Crawdaddy hat sich einiges verändert, damals hatte ich die Mauer direkt vor der Nase und jetzt kann ich nur selten das andere Ende des Stadions sehen. Meine Augen werden schwächer, unser Erfolg nicht. Wir haben dann mit Verspätung angefangen, aber die Tänzerinnen sind in der Loge geblieben und haben Champagner zu schlürfen bekommen. So lange ich lebe, wird es das nicht geben, dass die Rolling Stones zu peinlichen Lido-Schabracken degenerieren. Und ich dachte an meinen Vater, der am Vorabend verbrannt wurde und der mir Recht gegeben hätte, wenigstens dieses eine Mal.

Ich bin noch ganz ganz klein. Opa Augustus hat eine Schallplatte mit Geigenmusik aufgelegt. Er sagt, dass das ein Jude ist, der da spielt. Er sagt, es gibt deshalb Krieg, um Geigenstücke vor dem Feuer zu retten. Ich weiß nicht, was das ist, ein Jude, aber ich weiß bereits, dass ich keine Geigen sterben sehen will. Ich habe Hitler schon immer besonders gehasst, weil ich ihn mir vorgestellt habe, wie er zu einer nicht hörbaren Musik um einen Scheiterhaufen voller Stradivaris tanzt.

Papa mischt sich ein. Er schreit Opa an. Ist es etwa wegen der Geigen, dass er verwundet worden sei? Nein, sondern um das Land zu retten. Um nicht eines Tages ihre beknackte Sprache sprechen zu müssen. Um frei zu sein. Papa sieht keinen Zusammenhang zwischen Geigen und Freiheit. Ich bin es, der nicht die gleiche Sprache spricht wie er. In diesem Moment geht es mir auf. Ich spreche die Sprache von Opa Augustus. Ich stelle mir nicht die Frage, warum Soldaten in Uniform ihre Leben für Geigen aufs Spiel setzen sollen. Es ist die Musik des Schmerzes, die mich mein Leben lang berühren wird. Vor allem der Blues. Die Musik der schwarzen Amerikaner, der Unterdrückten. Der Reggae, die Musik der Sklaven unseres Jahrhunderts.

Bevor ich auf die Bühne gehe, spiele ich zum Aufwärmen oft Reggae, zwischen zwei verlorenen Partien Billard mit Ronnie.

Unsre Musik wird einen Aufschrei in sich tragen und eine Dringlichkeit, die sie vom Rest der Landschaft unterscheiden wird. Und die Drogen werden diesen Schmerz, der in mir ist, am Leben erhalten, ihn übergroß werden lassen. Ich habe mich übel zugerichtet, um etwas zu erschaffen. Ich habe mein Leben riskiert, um das noch besser zu erschaffen. Wofür das gut sein soll? Wofür soll wohl das Glück gut sein? Nur die Gefühle des Moments und das Verlangen, alles hinter mir zu lassen, schaffen es, mich zu motivieren.

Und junge Bands haben zu unseren Rhythmen auf meinen Gitarren rebelliert. Wir haben die Freiheit gespielt. Es ist der Rock, es sind unsere Riffs, die die Mauer in Berlin eingerissen haben. Erinnerst du dich an das Konzert zu Brians Gedenken? Eine Art Trauerfeier im Hyde Park. Eine unglaubliche Menschenmenge. Weil der Kerl einen Asthmaanfall in seinem Swimmingpool hatte. Oder weil man ihn nicht wieder hochkommen ließ. Hätte mich nicht gewundert. Dieser Typ hätte jeden zum Mörder werden lassen.

He!

Schläfst du?

Sag mal, schläfst du?

Bist du nicht müde? Immer noch nicht? Ich weiß, die Erinnerungen kommen ungeordnet hoch. Ich kann schon seit einigen Nächten nicht mehr schlafen und habe mich damit abgefunden, dass der Schlaf nicht kommen will. Ich fühle mich gestärkt durch die Stunden, die den anderen nicht zuteil werden. Gestärkt durch ein körperloses Geräusch, das auf mir lastet und mir Angst macht. In meinen ausgehöhlten Nächten liegt ein Gefühl von Unsterblichkeit. Die Menschenmenge auf einem Konzert kann einem dieses Gefühl geben. Die Menschenmenge auf einem Konzert gleicht der Leere einer Nacht.

Ich bin gleich auf gleich mit dem Mann, den ich nicht mehr liebe und der mich heute Nacht allein lässt, während die Menge seinen Namen skandiert. Ich bin genauso allein wie er. Ich in meiner Stille, er in den Rufen. Wir sind zusammen. Aber er weiß es nicht, er versteht es nicht. Wir entfernen uns voneinander. Wir entgleiten einander. Und ich bin Keith, ich bin Keith. Ich bin allein. Ich bin bloß ein Stück Fleisch inmitten der anderen Hautflächen, die sich aneinander reiben, die schwitzen, die sich nicht mögen. Also töte ich die Stille. Also spiele ich weiter. Meine Finger sind an den Saiten der Gitarre befestigt wie gefangene Marionetten. Ich schramme herum. Ich bin es leid, mich nicht der Soli entledigen zu können, die in Kaskaden aufeinanderfolgen, wie eine Träne die andere nach sich zieht, wie ein Wort zu einem Satz anwächst. Ich spiele, ich spiele, die Gitarre ist zu meiner Stille geworden. Wie bedrückend ihre Zimmer doch sind, ohne den Lärm ihrer Schreie und der Spielzeugautos. Ferngesteuert. Es gibt Tage ohne sie. Sie sind vier und zwei Jahre alt. Schon jetzt muss ich mein Schicksal von ihrem trennen. Ich werde bestraft, weil ich meinen Platz nicht akzeptiert habe, den der nicht mehr oder schlecht geliebten Frau. Heute Abend wollte ich sie unbedingt bei mir haben. Ich hätte ihre leeren Zimmer nicht ertragen. Wir sind gerade aus dem Gericht zurückgekommen. Wir haben die Kinder zusammen ins Bett gebracht. Gaspard hat sich vergewissert, dass sein Vater nicht zum Schlafen dableiben würde, dass die Dinge so waren, wie wir sie ihm erklärt haben.

Ich habe wie früher Spaghetti gemacht. Wir schauen gelegentlich zum Fernseher rüber. Er überlegt, ob er gebückt am niedrigen Couchtisch essen oder sich wie zum richtigen Abendessen ins Esszimmer setzen soll. Darüber muss die indische Zugehfrau, die im Haus arbeitet, schmunzeln. Nichts hat sich verändert. Nichts, außer dass wir nicht mehr Mann und Frau, nicht mehr verliebt sind. Außer dass die Dinge in Richtung einer klammen und eifersüchtigen Freundschaft geglitten sind, die mir noch nicht so recht gefallen will. Im Gerichtssaal habe ich alle Anwesenden zum Lachen gebracht. Ich habe ein Bonmot nach dem anderen von mir gegeben, alles, nur keine Tränen. Und auch hier mache ich weiter, ich bin außer Atem, erschöpft. Es ist der letzte Schwung eines Langläufers, der über die Ziellinie läuft und sein Tempo langsam zurücknehmen muss.

Er weiß es zu schätzen. Er verliert sich in seinem großen Mantel. Ich werde ihn nie wieder lieben können, ich weiß nicht, wie man Dinge repariert. Aber er ist ein Teil von mir, und zwei Menschenleben verkörpern, was wir einmal zu sein glaubten.

Interview in der Karibik, französische Presse.

Journalist: Also, Sie spielen einen Piraten?

Keith Richards: Nein, ich bin ein Pirat. Und Sie, spielen Sie einen Journalisten?

Journalist: Nein, ich bin Journalist. Und Sie sind ein Schauspieler, der einen Piraten spielt.

Keith Richards: Nein, ich bin Pirat. Das ist der Unterschied zwischen einem guten und einem schlechten Schauspieler, das habe ich von Robert de Niro. Kennen Sie ihn?

Journalist: Nein.

Keith Richards: Das ist der Unterschied zwischen einem Piraten und einem Typen, der Cordhosen trägt. Ist das überhaupt erlaubt, in der Karibik? Sie müssen ja vor Hitze umkommen.

Journalist: Mein Koffer ist verloren gegangen. Wenn Sie wollen, kann ich meine Hose ausziehen.

Keith Richards: Mick ist der bisexuelle Rolling Stone von uns beiden. Ich bin der Drogenabhängige, der sich von einer Kokosnuss k. o. schlagen ließ. Haben Sie auch noch Ihre Notizen verloren?

Journalist: Wollen Sie, dass ich mir notiere: »Er ist vielleicht alt, aber was für ein Sinn für Humor!«?

Keith Richards: Wenn Sie nur über meinen Humor und nicht über mein Alter reden könnten, will ich Ihnen gern meine Badeshorts leihen …

New York ist verregnet und braun. Ich bin noch nicht lange hier. Alles sieht für mich schmutzig aus. Als würde man hier mehr als an jedem anderen Ort sehen, dass alles zu Staub wird. Das Leben in New York scheint auf dieser neuen zyklischen Energie des Vergehens zu beruhen. Zuerst die netten Sportschuhe, bevor man die hübschen Stöckelschuhe fürs Büro überstreift, mit hübschen Füßen drin, die der Tod schon unter der Sohle kitzelt.

Ich bin hier mit einem Mann. Den ich mehrmals am Tag liebe. Und der mir gleichgültig ist. Mein Herz hängt auf Halbmast. Ich nehme es ihm übel, nicht alles schnell genug heilen zu können. Ich nehme ihm übel, ein Mann zu sein wie der andere. Ich nehme ihm übel, ihm zu sehr zu gleichen. Ich nehme ihm übel, nicht der andere zu sein, mich mehr zu lieben als er. Ich nehme es ihm übel, aber ich klammere mich an seinen Körper wie an ein Rettungsboot, auf das man hinaufklettern muss, um jeden Preis, selbst wenn in der Ferne eine noch größere Welle anrollt. Selbst wenn ich sie schon kommen sehe.

Die Hitze ergießt sich von oben, der Himmel schwitzt. Ich habe einen Termin bei einem Literaturagenten. Ich bringe hier ein Buch raus. Ich habe mir die Haare kurz schneiden lassen, wie alle Frauen, die sich scheiden lassen, ich kann sie noch nicht einmal mehr feststecken. Ich sehe wie ein zerrupfter Vogel aus. Mein Gesicht schaut mich aus den vollgestopften Läden am Broadway an. Es ist noch früh am Abend. Meine Wohnung ist menschenleer. An der Wand hängen Kunstfotos, die ich vor Kurzem bekommen habe. Sie lösen bei mir nichts aus, aber man hatte mir gesagt, dass man diesen Künstler unbedingt haben müsse. Ich habe ihn. Ich habe den passenden Innendekorateur für vermögende Rockstars. Ich habe immer noch die Frau mit den aufregenden Brüsten. Angesagte Schuhe, die nicht den Eindruck machen, am Fuß zu drücken, alles gehört mir, nur mir.

Ich habe das Dinner vorzeitig verlassen. Man sieht es mir nach. Man sagt, ich sei fertig. Man sagt, ich sei ein Künstler. Man sagt gar nichts. Ich bin ein Rolling Stone. Ich haue ab, wann ich will. Wenn ich in den Teller kotze, bedankt man sich bei mir für das Event. Ich könnte auf die Dame des Hauses pinkeln, und der Ehemann würde einen Steifen kriegen. Ich bin ein Rolling Stone.

Ich bin früher gegangen, weil ich allein sein wollte. Ich hatte Lust auf meine eigene Gesellschaft. Auf den Teil von mir, den ich noch verstehe. Ich habe den Mantelkragen hochgeschlagen und den Fahrer weggeschickt. Es war kalt in den Straßen. Etwas von dem, was mich ausmacht, wollte fliehen, für eine lange Zeit. Ja, ich bin ein Rolling Stone.

Ich war bloß ein Kerl, der den Blues mochte. Und sieh mich jetzt einer an …

»Guten Abend, Herr Richards.«

»Guten Abend, Herr Portier. Haben Sie einen Vornamen?«

»Brian, Herr Richards.«

»Ich habe mal einen Brian gut gekannt, wissen Sie.«

»Ich weiß, Herr Richards.«

»Ich möchte von niemandem gestört werden, Brian.«

Ich ziehe mich aus in meinem großen Badezimmer, mit dem Holz verkleidet, das man haben muss, mit der großen Badewanne aus einem der großen Inneneinrichtungs-Kataloge. Und in dem großen Spiegel betrachte ich mich.

Bald werde ich dreißig sein. Ich habe meine Tage. Ich nehme es in Kauf, dass mir das Blut zwischen den Beinen läuft. Ich bin Keith Richards. Ich habe Mädchen entjungfert. Ich kenne das Gefühl von warmem Blut zwischen den Schenkeln. Ich denke, dass ich einen großen Schwanz habe. Mein Gesicht sieht so aus, als hätte ich einen großen müden Schwanz.

Ich ziehe mich aus, ohne meinen Blick im Spiegel von mir zu lösen. Meine Schuhe. Meine Socken, die ich irgendwo hinwerfe. Ich lasse meine schwarze Lederhose fallen. Ich habe drin geschwitzt, meine Unterhose klebt ein wenig, sie liegt auf dem Boden, dann das Hemd, das ich langsam aufknöpfe. Das Unterhemd. Das Piratentuch in meinen Haaren.

Ich stehe nackt vor dem Spiegel im Wohnzimmer.

Ich habe das Gesicht von Keith Richards, der das Gesicht seines Vaters hat. Die vielen verdammten Drogen und die Küsse der Frauen, und ich habe immer noch das Gesicht meines Vaters, des Vorarbeiters. Sein eingefallenes Gesicht. Ein Gesicht wie geschmolzenes Wachs.

Fehlen nur die Koteletten, aber ich habe seine O-Beine. Ich habe seine Bauchwölbung, ohne das Fett. Dort, wo er rund geworden ist, habe ich mich ausgehöhlt. Sicher nicht ohne das Zutun von Heroin. Ich habe die Künstler an den Wänden, die man haben muss, aber ich bin ein Teddy Boy, und niemand wird etwas daran ändern können. Was hat es mir genutzt, gut auszusehen, viele unserer Lieder komponiert zu haben, neue Wege gegangen zu sein, ich bleibe trotzdem der ewige Zweite.

Weißt du, Papa, der Vater von Mick hatte ihm immer das Auto geliehen, damit wir zum Spielen in die Clubs fahren konnten. Das war cool. Für mich bedeutete ein Auto puren Luxus. Was ich vor allem großartig fand, war, dass der Vater von Mick dachte, sein Sohn sei ein Star. Nicht, dass er einer werden würde, sondern, dass er es war, und bestimmt hat es das aus ihm gemacht, was er ist.

Ich habe diese Faust, die immer zum Zuschlagen bereit ist, und immer diese Sehnsucht nach deiner Umarmung. Wäre deine Leiche nicht verbrannt worden, hätte ich sie ausgegraben und hätte deine steifen Arme auseinandergebogen, um sie um mich zu legen, und dann hätte ich auf den Tod gewartet, um dir zu folgen. Der Geruch des Sandkastens in Dartford.

»Kämpfe wie ein Mann, Keith!« Ja, ich kämpfe mit allem, was ich habe. Mit allem, was du mir an jenem Tag gegeben hast. Nicht geliebt zu sein, nie geborgen zu sein. Das Bedürfnis zu haben, mich der Welt zu entziehen und mich zu rächen.

Papa passt in eine Dose hinein, die auf dem Kaminsims steht. Es ist eine Art Designer-Urne. Der zweiundachtzigjährige verbrannte und gemahlene Bert. Bert Richards, der mir so sehr auf den Sack gegangen ist, befindet sich in einer Dose.

Ich nehme sie an mich, ich muss ein Wachssiegel aufbrechen, um sie zu öffnen. Der Geruch ist seltsam. Man könnte meinen, gegrillte Hühnerpfoten. Er verursacht bei mir Brechreiz. Ich lege mir zwei hübsche Kokslinien. Weiß wie das Licht am Ende zweier Tunnel. Zwei Betrügerinnen. Zwei Fäden Hoffnung, die mein Leben verändern, mit sofortiger Wirkung. Die mir das Gefühl geben, stark zu sein, zu verstehen, die mir überhaupt ein Gefühl geben. Den Rest der Zeit versuche ich zu überleben. Ich versuche den Schmerz zu ertragen. Ich weiß nicht mehr, ob der Schmerz vor der Droge da war oder ob er sich allmählich in mich hineingeschlichen hat, in den Augenblicken, in denen ich klar war. Ich habe den Deckel aufgedrückt. Mein Vater liegt auf einem Haufen. Asche, das ist nichts Flüssiges. Sie ist nicht schön anzusehen. Sie ist nicht grau. Sie ist schmutzig-schwarz mit einer Art kleinen klebrigen Kügelchen, nicht ganz verbrannten Hautresten.

Ich betrachte mich wieder. Ich habe lange X-Beine. Ich habe so viele Falten wie Glücks- und Pechsträhnen. So viele Falten wie Menschen, die meinen Namen geschrien haben. Ich bin ein beschriebenes Pergament. Ein offenes Buch. Jeder Augenaufschlag ist eine Nadel, von mir benutzt. Die Zeit hat keine Macht mehr über mich. Sie war mir auf den Fersen, aber ich habe sie schon vor Ewigkeiten abgeschüttelt.

Was mir bleibt, ist das Leben. Was mir bleibt, ist das Jetzt. Der ganze Rest von Jetzt und sein Gegenteil. Was mir bleibt, ist nichts. Deshalb habe ich keine Angst mehr. Ich kann im Spiegel in meine Augen schauen. Reflektieren heißt doch, ein Bild zurückzuwerfen. Was sehe ich in mir? Die Fortsetzung meines Vaters. Und seines Vaters vor ihm. Eine Hügelkette. Einen Weg. Wie man von einer Note zur nächsten geht und die Gefühle einen plötzlich überraschen, einen überfluten, wenn man es am wenigsten erwartet. Ich muss von mir Abstand gewinnen. Machen, dass das Gelächter, das niemals aufgehört hat, aufhört.

Ich mische etwas von der schwarzen Asche unter die weißen Linien und inhaliere sie mit einem Mal. Es brennt sofort. Es ist Blut in meinem Pulver und in der Asche meines Vaters. Ich weiß nicht, ob ich geboren werde oder ob ich draufgehe. Ich weiß nicht, ob mein Blut, vermischt mit seinen Überresten, uns miteinander versöhnt. Ich weiß immer noch nicht, wer ich bin. Aber ich bekomme meine Hände wieder, in einem Augenblick. Wendys Hände sind fort. Ich werde ruhiger, ich wische meine blutige Nase am Ärmel ab, und für die Dauer einer Reise strecke ich mich auf meinem großen Sofa aus.

Keith ist eingeschlafen. Ich ziehe ihm die Bettdecke unter das Kinn. Man könnte meinen, ein in die Jahre gekommener Säugling. Keith. Keith. Keith Richards. Ein Kuss auf die Stirn.

Das gelbe Taxi fährt die Mercer Street hoch, ich erreiche mein Hotel in der Thompson Street. New York sagt Adieu zu der Frau, die ich war. Der Aprilwind weht mild. Die Sängerin spricht zu mir im Radio. Ihre Stimme funkelt, und ich lächele.

One, two, three, four, five, six, nine or ten
Money can't buy you back the love that you had then
Oh, you're changing your heart
Oh, you know who you are …

Ja, ich weiß, wer ich bin, ich bin dieses faltenerstickte Gesicht, zerfurcht von Wegen, die es sich nicht ausgesucht hat, von den vielen Leben, die im Mutterbauch schon anfingen. Ja, ich bin dieser Mann, so wie ich die Frauen bin, die er geliebt hat. Ja, ich fühle seinen Schmerz, und ich liebe sein Lächeln. Die Rolling Stones in voller Lautstärke in meinem Auto, die Hand eines Jungen, die meinen Schenkel hinaufgleitet. Die Stones im Wohnzimmer, ich jage hinter meinem Bruder und meiner Schwester her. Die Platte springt ein bisschen. Papa singt mit. Die Stones auf der Gitarre meines Bruders. Das Stones-Poster in meinem Zimmer. Die rosige Zunge, die ich meinem Spiegelbild zeige. *Angie*, die meinen Kummer vertreibt. Warum verliebt man sich? Einfach so … Aus allen möglichen Gründen, wegen unserer verdammten kranken Hirne. Und man fällt. Manchmal steht man wieder auf, mit zerschrammten Knien. Keith hat mir nie weh getan. Wir hatten beide unseren Schmerz. Er hat mich Dinge tun lassen, die ich allein nie zu tun gewagt hätte. Ich habe Angst, meinen Körper zu zerstören, ich lasse die Drogen in Keith' Venen fließen, ich will davon nur den Rausch. Über meinem Gesicht trage ich das von Keith Richards. Ich bin nicht in ihn verliebt. Ich bin Keith, so wie man sich manchmal so dicht vor den Spiegel stellt, dass man sich nicht mehr wiedererkennt.